그 레벨에
잠이 오니?

그 레벨에 잠이 오니?

이지은 장편소설

 차례

그 레벨에 잠이 오니? ······· 7

작가의 말 ······· 208

와드핑=*

승진, 승진, 승진이들……. 학교를 빠져나가는 아이들이 모두 승진이로 보인다. 무시무시하게 커다란 등판을 가진 승진이 수백 명이 사라질 때까지 잠자코 기다리는 중이다.
"레벨 업, 잊으면 알지?"
아까 승진이가 등 뒤에서 내 어깨를 꽉 쥐었던 탓에 아직도 어깨가 얼얼하다.
방학이 시작되는 오늘부터 승진이 무리에서 자유로워지겠지, 한 건 착각이었다. 학교에 안 가도 되니까 '셔틀'할 시간만 더 늘어날 뿐이다.
창틀 위로 눈만 내놓고 버티다 일어서자마자, 쾅쾅쾅 하는 소리가 났다. 비명을 지를 뻔했다. 알고 보니 학교에서 일하는 아저

---

* 팀플레이 혹은 전략 게임에서 적이나 위험 요소를 미리 볼 수 있게 설치해 두는 아이템이나 기능.

씨가 교실을 점검하며 앞뒷문을 닫는 소리였다.

렐크 게임 속 총잡이 캐릭터들을 떠올리며 조심조심 학교 밖으로 나갔다. 혹시나 승진이 무리가 숨어 있을까 봐 골목을 살살이 살피던 그때였다. 갑자기 검은색 리무진이 달려와 앞을 가로막았다. 교문과 리무진 사이에 끼어 버린 듯 어정쩡하게 서 있을 때 차 문이 열렸다. 정장을 입은 비쩍 마른 두 남자가 나오더니 내 앞에 섰다.

"만라 중학교 1학년 3반 이철봉 학생, 맞습니까?"

"아닌데요."

두 남자는 서로를 한 번 쳐다보았다. 한 남자가 갑자기 내게 악수를 청했다. 얼떨결에 손을 잡자 다른 남자가 내 등 뒤로 가서 가방을 열었다. 악수를 청한 남자가 내 손을 놓지 않아 몸이 기우뚱했다.

"이. 철. 봉."

뒤로 간 남자가 가방에서 꺼낸 문제집에 내 이름이 큼지막하게 적혀 있었다.

아니라고 다시 우기려던 찰나, 한 남자가 종이 한 장을 다짜고짜 눈앞에 펼쳤다.

"이, 이게 뭔데요?"

남자는 대답 없이 내 눈 속에 종이를 집어넣을 듯 그걸 들이밀었다.

참가 신청서

렐크 게임 중독 학생을 위한 위플러스 캠프 참가자 모집!

인원: 중1 남학생 15명
대상: 학교와 가정에서 렐크 게임 중독으로 인한 심각한 갈등을
 일으킨 학생
장소: 교육 위탁업체에서 선정한 특별 수련원
시기: 여름방학 시작일로부터 3주간
교육 목적: 게임에 대한 올바른 가치관을 확립하고 미래 사회에
 알맞은 인재를 양성한다.

※주의 사항: 교육 기간 중 학부모 면회 및 통화 금지!
 어떤 사유로도 중간에 퇴소 불가!

"저기, 저는 이런 거…… 참가한다고 한 적 없는데요."
 목소리가 염소처럼 떨리기 시작했다. 등 뒤에는 학교 담벼락이, 앞에는 시커먼 차가, 양옆에는 각진 얼굴의 키 큰 남자 둘이 버티고 있으니 튈 곳도 없었다.
 두 남자가 피식 웃었다. 나는 리무진 아래로 내 얇고 작은 몸

이 굴러 반대편으로 빠져나가는 장면을 상상했다. 하지만 덩치 크고 느릿느릿한 승진이마저 단번에 내 목덜미를 잡던 순간이 떠올랐다. 키보드 위를 오가는 손가락 운동 대신 파쿠르라도 배워 둘걸.

남자가 천천히 검지를 들었다. 나는 그 손가락이 기다란 검처럼 보여 눈을 깜박였다. 남자는 가만히 한곳을 가리켰다. 거기에는 '김춘녀'라고 또박또박 쓴 사인이 있었다.

악수를 하던 남자가 나머지 손으로 휴대폰을 꺼내 전화를 걸었다.

"네, 이철봉 학생 보호자 김춘녀 님 되시죠? 네네, 할머님. 저희 철봉이 잘 데려가서 교육하겠습니다. 수련 기간 동안 휴대폰 못 쓰는데, 혹시 하실 말씀 있으시면 지금 손자 분 잠깐 바꿔 드릴까요?"

나는 휴대폰을 향해 손을 내밀며 세차게 고개를 끄덕였다. 마음 여린 할머니를 이용해 그동안 얻어 낸 것들이 머릿속을 스쳐 갔다. 할머니가 내게 이럴 리가 없었다. 하나뿐인 귀한 손자인 내게…….

"아, 필요 없으세요? 정신만 차리게 해 달라고요? 그럼요, 알겠습니다!"

남자는 붕어처럼 입만 뻐끔거리는 나를 힐끔 보더니 담임과 교장 선생님에게도 차례로 전화를 걸었다. 내용은 안 들어도 뻔했다. 게임에 빠져 공부는 접고 지각을 일삼는 녀석이니 꼭 데려가라고 했을 것이다. 책상에 적어 놓은 게임 아이템의 사용 순서와 가격, 각 레벨마다 궁극의 무기가 무엇인지 분석해 놓은 노트 같은 것을 들킨 게 한두 번이 아니니까.

청소년으로 사는 건 이럴 때 제일 안 좋다. 내가 선택하지도 않은 것을 해야 한다는 게. 취소할 수 있는 기회도 없다는 게.

뒷좌석에 구겨지듯 탄 뒤 선팅된 차창을 보니 그 너머에 입을 떡 벌린 채 이쪽을 보고 있는 실루엣이 있었다. 승진이, 정현이, 우연이였다. 일진 삼인방. 역시 내가 교문 밖으로 나올 때까지 기다린 모양이었다. 오늘도 할머니 집까지 따라올 계획이었나 보다. 할머니가 꾸벅꾸벅 조는 사이, 냉장고도 털고 지갑도 털고 방바닥에 드러누워 온종일 나한테 게임 셔틀을 시키는 것이다. 걔들은 그걸 '소풍'이라고 불렀다.

나는 탈출 기회를 엿보려고 조는 척했다. 한참 머뭇거리다가 화장실 가고 싶다고 말하려는데 갑자기 조수석에 앉은 남자가 전화를 받았다.

"예? 지금요? 무슨 문제가……. 아니 그걸 지금 바꾸시면……."

남자는 하는 말마다 다 토막이 났다. 그런데도 기분 나쁜 티를 내지 못했다. 공손한 태도로 전화를 끊더니 운전하는 남자에게 말했다.

"도착지 변경이래. 14번으로."

"거긴 아직 준비가 안 되었을 텐데?"

"백석리 9번은 당분간 폐쇄해야 한대. 시스템에 문제가 생긴 거 같아. 양 박사 지시야."

"또 문제가 터진 거야?"

나는 슬쩍 눈을 떴다. 그러자 조수석 남자가 룸미러로 나를 보았는지 헛기침을 했고, 두 사람은 금세 조용해졌다.

차는 도심을 빠져나가 어느 국도를 달렸다. 다섯 개의 터널을 지나 바위산들 사이의 좁은 도로를 굽이굽이 돌았다. 한번도 본 적 없는 시골길로 들어설 때 '집 탈출' 게임이 떠올랐다. 그 게임에서는 부모 캐릭터를 동물로 설정할 수 있다. 나는 엄마를 쥐, 아빠를 사마귀로 만들었다. 쥐와 사마귀는 매일 서로 싸운다. 자식 캐릭터인 내가 성적이 떨어지거나 친구와 싸우거나 방 청소를 안 하거나 안 씻거나 지퍼를 잠그지 않거나 하면 그들은 나를 혼내면서 점점 몸집이 커진다. 성적 올리기, 친구와 사이좋게 지내기, 청소하기, 잘 씻기 등의 미션은 너무나 까다로워서 도저히 다 해낼 수가 없다.

마침내 쥐와 사마귀가 지붕을 뚫을 만큼 커지면, 자식은 그 집을 탈출해야 한다. 거실에서 부엌을 지나 화장실을 통과해 발코니를 지나면 다섯 개의 다락방과 공부방, 서재와 드레스 룸 등이 이어지다가 마지막에 안방이 등장한다. 거기까지 가는 동안 부엌에서 펄펄 끓는 곰국을 떠서 열다섯 개의 국그릇에 똑같이 담아야 하는데 한 방울이라도 흘리면 끝장난다. 그 미션을 끝내면 갑자기 냉장고 문이 열리면서 옥수수들이 뛰쳐나와 길을 막는데 옥수수알이 빠질 때마다 주워서 제자리에 끼워야 한다. 그러고 나면 세탁기 뚜껑이 열리면서 양말이 쏟아져 나와 색색의 짝을 다 맞춰야만 지나갈 수 있는 식이다. 그걸 다 해내도 미로가 너무 복잡해서 집안에서 계속 길을 잃기 십상이다.

이 캠프는 집 탈출 게임보다 더 탈출하기 어려울 것 같은 예감이 들었다. 쥐나 사마귀와는 비교도 안 될 존재가 나를 쫓아올 것 같았다. 나는 차창 밖 풍경의 모습을 최대한 빨리 외우려고 노력했다. 하지만 시골 풍경은 봐도 봐도 비슷했다. 초록 잎사귀를 흔들며 서 있는 나무들도 똑같고, 연둣빛으로 가득한 들판도 똑같았다. 논둑길의 방향은 동서남북을 알 수 없었다. 렐크 게임에서라면 맵을 열어 와드핑만 박으면 다시 찾아갈 수 있었다. 나는 차창에 손을 대고 풍경을 확대해 보았다. 될 리가 없었다.

"뭐야!"

운전대를 잡은 남자가 화를 내며 경적을 길게 울렸다. 맞은편에서 트럭이 달려오고 있었다.

"길도 좁은데!"

검은색으로 칠한 냉장 트럭이 속도를 줄이지 않고 다가왔다. 트럭 옆에는 코코콜라 음료가 그려져 있었다. 나도 모르게 침을 삼켰다. 트럭은 한 대가 아니었다. 지나갈 때마다 내 몸이 흔들렸다. 우리가 탄 차가 속도를 줄이는 동안 나는 들판 너머를 보았다.

논밭 너머 언덕에서 수직으로 연기가 올라오는 게 보였다. 처음에는 불이 난 줄 알았다. 하지만 연기가 흰 뭉게구름을 만들며 계속 피어나고 있었다.

─ ─ ─ ─ ─

회색 건물 꼭대기에 작대기 네 개만 간신히 보였다. 그 아래는 언덕의 수풀에 가려졌다. 뭐 하는 곳인지 모르지만 여기서 보이는 건물이라고는 저곳뿐이다. 탈출할 때 일단 저기를 기준점으로 삼아야겠다. 나는 마음속으로 와드핑을 박았다.

첫 만남

"잘 들어라. 여기 온 이상, 아무도 제 발로 나갈 수 없다!"
파랑 고깔모자를 쓴 근육맨의 목소리가 운동장으로 퍼져 나간다. 똑같은 모자를 쓴 남자가 세 명 있다. 그중 가장 키가 큰 남자가 마이크를 잡고 말한다. 나머지 두 사람은 일란성 쌍둥이처럼 닮았는데, 시선을 멀리 두고 뭔가를 감시하는 듯 보인다. 대낮에 나를 납치하다시피 해서 데려온 검은 옷 남자와는 다른 사람이다. 그들은 집도 편의점도 피시방도 없는 황폐한 마을의 폐교 같이 생긴 곳에 나를 내려놓고 쌩하니 가 버렸다.

"우리는 미래 사회의 인재를 양성하고 게임에 대한 가치관을 바로잡기 위해 이 자리에 모였다."

옆에 서 있는 아이를 힐긋 본다. 아인슈타인 같이 폭탄 맞은 머리에, 요즘에 누가 저런 걸 쓰나 싶을 정도로 알이 두꺼운 안경을 쓰고 있다. 안경 너머 까맣고 작은 눈이 반짝 빛난다. 우리 반에 저걸 쓰고 왔다가는 당장 승진이 무리에게 뺏길 게 뻔하다. 걔들은 그걸 돋보기로 써서 개미를 태울 거다.

폭탄머리는 고깔모자에 아무 관심 없다는 듯이 땅만 바라보고 있다. 나보다 키가 두 뼘 더 커서 내 머리가 어깨에 닿을락 말락 한다. 비쩍 마르고 껑충한데도 잘 말린 장작처럼 단단해 보이는 인상이다. 중1만 모인다고 했는데, 고2는 되는 것 같다.

"집중!"

나보고 하는 말 같아서 몸이 뻣뻣해졌다. 아까는 분명 맑았는데, 먼 데서부터 먹구름이 우르르 몰려오고 있었다. 탈출하고 싶어서 몸이 근질거렸다. 낮에 여기 오면서 본 흰 연기 나는 건물을 떠올렸다. 마음속으로 와드핑을 박고 또 박았다.

"여기 모자를 쓰고 있는 사람들은 여러분을 관리, 감독하는 조교들이다. 무슨 일이 있으면 파랑 모자를 찾으면 된다. 아플 때는 우리의 허락을 받아 '메딕'을 찾아간다."

말이 끝나기 무섭게 모두 킥킥거렸다.

"메딕이래, 큭."

"흰 날개 달렸겠네."

"너 몇 렙이냐?"
"나 골드2."
"난 심해에서 이제 나왔어."
"부캐 키워?"
"어. 아정 먹어 가지고."

다들 렐크 게임을 하는 애들이라 그런지 순식간에 웅성거리며 얘기를 시작했다. 메딕은 금발 머리를 한 남자 간호사 캐릭터인데 흰 날개 한 쌍이 달려 천사처럼 생겼다. 힘이 다 빠진 캐릭터가 가장 값진 무기를 메딕에게 팔면 핑크색 링거액을 받아 게임을 계속할 수 있다.

게임과 연결 지을 수 있는 얘기만 나오면 누가 내 심장에 입김을 불어넣는 것처럼 붕 뜬다. 아이들이 다 캐릭터로 보이고, 말을 할 때마다 채팅 창이 열려 얼굴 옆에 글자들이 떠오르는 것만 같다. 공중에 손을 대고 자판을 두드리듯 손가락을 움직여 본다. 빨리빨리 글자를 치고 엔터키를 팍팍팍 누르는 시늉을 해 본다. 긴장했던 마음이 녹는다.

세상에는 두 타입이 있다. 게임 용어만으로도 대화가 가능한 사람과 한 마디도 못 알아듣는 사람. 게임을 하면서 승진이와 통화하면 할머니는 도대체 어느 나라 말이냐고 물어보곤 했다.

"아정이가 누구냐? 너 방금 통화할 때 아정 어쩌고 하던데."
"아이디 정지라는 뜻인데……."
"아이디가 누군데?"

"인터넷에서 쓰는 이름!"
"그러니까 누구 이름이냐고?"
"할매는 몰라도 돼."
"화투 친구는 언제 해 줄 거야?"
"나 바빠."
"한 번만 같이 좀 치자."
"이따가."

한창 렉크를 하다가 헤드셋을 빼고 뒤돌아보면 할머니는 혼자 화투를 치고 있었다.

"낙장불입! 아싸. 고도리! 홍단은 갔네. 내가 났어, 고! 쌍피에 초단 좋고!"

"할매 말이 더 어려운데."

할머니는 마치 친구가 앉아 있기라도 한 듯 벽을 바라보았다. 거긴 아빠가 여행길에 사 온, 나무를 깎아 만든 두 뼘짜리 불상이 희미하게 미소를 지으며 앉아 있었다. 할머니가 매일 닦고 문질러서 머리가 반짝반짝 빛났다. 할머니의 늦둥이 외아들인 아빠의 자리를 대신하기라도 하는 것처럼.

한 번쯤 화투 친구가 되어 드릴 걸 그랬나. 쭈글쭈글한 손과 나뭇가지처럼 비쩍 마른 팔목과 굽은 어깨가 떠올랐다.

할머니만큼은 내 편이었는데.

"너희는 다섯 명씩 한 조가 될 거다. 한 조씩 같은 방을 쓴다."

고깔모자가 큰 소리로 말했다. 사각으로 각진 턱이 단호한 인상을 풍겼다. 수련회에서 본 조교 형들보다 더 우락부락하게 생겼다.

나는 주위를 둘러보았다. 열네 명의 중1 남자아이 중 아는 얼굴은 당연히 하나도 없었다.

"3주 동안 너희는 세 종류의 미션을 통과해야 한다. 교육과 훈련에는 무조건 참석! 미션 수행과 태도에 점수를 매겨서 상을 줄 것이다."

상이 어떤 건지 궁금한데 아무도 물어보지 않았다. 모바일 상품권을 상으로 주면 좋겠다. 게임 캐시로 바꿔서 아이템과 한정판 스킨을 사고 싶다. 승진이가 알면 빼앗아 가겠지만.

다들 게임 클리어를 눈앞에 두고 정전되었을 때처럼 세상을 다 잃은 표정으로 돌아갔다. 여름방학의 대부분을 여기서 보내야 하다니. 3주면 레벨을 꽤 올릴 수 있는데, 방학에는 이벤트가 잦아 레벨 업도 빨리 되는데, 그걸 다 놓칠 생각에 억울하고 짜증이 났다. 여길 나가자마자 밤새워 렉크도 하고 집 탈출도 클리어하고 자동차 게임도 해야지.

"......있나?"

폭탄머리가 내 발등을 지그시 밟았다. 흰 운동화에 흙이 묻었다. 나는 인상을 쓰며 고개를 들었다. 그때서야 모두가 나를 보고 있다는 걸 알았다.

"거기 너, 평범하게 생긴 녀석."

"네?"

아이들이 큭 웃었다.

"내 말 듣고 있냐고!"

나는 차렷 자세를 하고 고개를 끄덕였다. 고깔은 두꺼운 입술을 꾹 다물고 내 눈을 뚫어져라 보더니 다시 입을 열었다.

"지금부터 조원 불러 줄 테니 여기 꽂힌 깃발 앞에 서라."

고깔모자가 있는 단상 아래 세 개의 깃발이 띄엄띄엄한 간격으로 꽂혀 있었다. 해골 무늬가 그려진 검정 깃발, 날개가 그려진 하양 깃발, 갑옷을 입은 무사가 그려진 빨강 깃발로 렐크에 나오는 세 종족 같았다.

"나요셉!"

고깔모자가 부르자 내 옆에 있던 폭탄머리가 손을 번쩍 들었다. 모든 아이가 고개를 돌려 입을 쩍 벌린 채 폭탄머리를 바라보았다. 전설의 나요셉? 설마 그 아이?

"검정 깃발 앞으로!"

폭탄머리가 한 손으로 머리를 쓸어 넘기며 웃었다. 키가 커서 독보적으로 눈에 띄었다. 폭탄머리는 길쭉한 다리로 성큼성큼 걸어서 해골 무늬 깃발 앞에 섰다. 웅성거리는 소리가 끊이지 않았다.

"쟤 걔잖아. 마스터 레벨에 최연소로 올라간 애."

"쟨 전설이야. 한 번도 진 적이 없어."

"인공 지능 설까지 돌았는데, 실존 인물이라니!"

"완전 소름."

"이철봉! 검정 깃발 앞으로."

하필 폭탄머리 다음으로 내 이름이 불렸다. 역시나 아무도 관심을 보이지 않았다. 나는 터덜터덜 걸어가서 폭탄머리 뒤에 섰다. 녀석이 뒤를 돌아보더니 나와 눈이 마주치자 씩 웃었다. 소름이 오소소 돋았다.

닉네임 짓기

고깔모자는 한 시간 동안 서로의 닉네임을 지어 주고 친해지라는 과제를 주었다. 이곳에서는 이름이 아닌 닉네임으로 서로를 부른다는 말에 모두가 눈을 반짝였다.

하지만 방에 들어오자마자 기운이 쭉 빠졌다. 방에 컴퓨터가 없는 풍경이라니 세계가 멸망한 게 틀림 없었다. 입소할 때 휴대폰과 보드게임, 카드에 큐브마저도 싹 다 압수당했다. 뭐라도 반복해서 두드리면서 딱딱딱 클릭하는 기분을 내고 싶었다.

컴퓨터 소리가 그리워졌다. 전투가 격렬해질 때 심장이 멎을 것처럼 쏟아지는 폭파음, 화살 날아가는 소리와 총소리, 캐릭터들 특유의 더빙 음이 귓가에 맴돈다. 특히 내가 주로 쓰는 무사 캐릭터인 '이순신'이 공격을 당할 때마다 "내 죽음을 적에게 알리지 마라." 하던 말은 수천 번 들어서인지 캐릭터의 표정과 쓰러지는 각도까지 다 흉내 낼 수 있을 것 같았다.

냉각 팬이 돌아가는 소리, 띵띵 하는 채팅 알람 소리, 헤드셋을 끼면 서걱서걱, 소리를 내며 아주 크게 들리던 과자 씹는 소리마저 듣고 싶었다. 그러나 여기서 들리는 거라고는 먼 데서 천둥이 울리는 소리밖에 없었다.

아까 이곳에 올 때 보니 수련원은 표지판도 없는 아주 작고 외진 마을 깊숙한 곳에 있었다. 버려진 학교를 수리해서 만든 곳처럼 보였다. 마치 핵폭탄이라도 떨어진 것처럼 개 한 마리 얼씬거리지 않는 조용한 동네였다. 수련원 뒤에는 엄청나게 험하게 생긴 바위산이 병풍처럼 서 있었다. 바닥이 드러날 정도로 마른 실개천에는 물고기 한 마리 보이지 않았다. 도대체 어떤 아이들이 다녔던 학교인지 몰라도 정말 심심하고 재미없는 하루를 보냈을 것 같다. 피시방이 하나도 없는 동네니까. 푹신하고 편안한 의자에 앉아서 알바 형이 끓여 주는 라면을 먹는 재미를 모른다는 건 상상할 수 없는 일이었다.

"아, 따뜻한 본체가 정말 그립네."

먼저 입을 뗀 건 폭탄머리였다. 그 말에 나머지 넷 모두가 고개를 끄덕였다. 본체가 달아오를 때의 그 온도. 공기를 따끈따끈하게 데우던 열기가 그리웠다. 마치 컴퓨터도 36.5도씨의 체온을 가진 살아 있는 존재처럼 느껴지곤 했다.

"난 정전기."

얼굴이 하얗고 통통한 남자애가 말했다. 모니터 앞에서 웅-

하는 소리와 함께 손끝을 찌릿하게 하던 정전기. 그 느낌이 뭔지 나도 안다.

"엔터키 치고 싶다."

"나도."

"손목에 파스 붙여 봤어?"

"난 병원도 가 봤다 아이가. 손목 터널 증후군이라 카더라."

"병원 안에는 왜 피시방이 없냐? 있으면 대박일 텐데. 나 장염으로 입원했을 때 렐크 한정 스킨 나온다 그래서 몰래 탈출한 적도 있어. 무단 횡단 하다가 사고 날 뻔했지."

검정 깃발 조, 일명 해골조에는 나, 나요셉, 김알지, 피묘석, 천전희가 들어왔다. 나와 폭탄머리 요셉이는 서울에서 왔고, 김알지는 의정부, 천전희는 대전에서 왔다. 묘석이는 호리호리한 몸매를 가졌는데, 대구에서 와서 사투리가 특이했다.

우리 방에는 이층 침대 두 개와 싱글 침대 하나가 디근자로 놓여 있고 다섯 명이 모여 앉을 수 있는 널찍한 테이블이 남은 공간을 다 차지했다. 방문 맞은편에 작은 창문이 하나 있는데 그 창으로 보이는 풍경이라고는 운동장과 나무, 사람이라고는 살지 않는 듯한 텅 빈 동네의 썰렁한 모습이 전부였다. 차라리 화성에 사는 게 낫지 싶었다.

"……근데, 요셉이 너…… 정말 마스터 렙이야?"

천전희가 물었다. 내가 묻고 싶었던 게 그거였다. 그런데 나요셉 표정이 너무 안드로이드 같아서 쉽게 말이 나오지 않았다. 나요셉이 고개를 끄덕이며 웃었다.

"그게 가능한 거야? 내 말은, 어떤 버그도 없이? 다이아 이상은 현질도 소용없는 걸로 아는데."

"맞아. 화이트 다이아부터는 그래. 아이템을 아무리 사도 그걸로는 레벨이 올라가지 않아. 무조건 전투 능력이지."

내 질문에 나요셉이 머리카락을 쓱 쓸어 넘기면서 대답했다. 신처럼 보였다. 머리 위에 금색 링이 환하게 빛나는 것 같았다. 렐크 게임의 마스터 렙을 직접 만나 본 건 처음이었다. 그건 열세 살이 도저히 도달할 수 없는 궁극의 레벨이다.

우리는 회의 끝에 나요셉의 닉네임을 '요셉슈타인'으로 지어 주고 조장으로 정했다. 빙어 낚시를 가서 뚫어야 하는 얼음처럼 두꺼운 안경 너머로 깨알같이 작은 눈이 웃었다. 눈이 너무 작아서 눈동자 대신 매직으로 찍은 점 하나만 있는 것 같기도 했다. 그 눈을 물끄러미 보고 있으면 뭔가 묘한 기분이 끓어올랐다.

끊임없이 코를 훌쩍훌쩍 마시는 김알지의 닉네임은 '알거지'가 되었다. 학교에서도 그렇게 불린다고 했다. 김알지는 그게 이름 때문인 줄 알지만 우리가 지켜본 바로는 다른 이유 때문인 것 같았다. 알거지는 게임 얘기에는 관심도 없어 보였다. 심지어 렐크를 한 번도 해 본 적이 없다고 했다! 그저 계속 어딘가를 후비적거렸다. 손가락을 드릴 삼아 구멍이란 구멍은 모두 파고드는 취미가 있었다. 머리카락은 덥수룩하게 자라 귀밑으로 내려왔고 귓구멍에서 노란 딱지 같은 것이 후드득 떨어져서 어깨에 붙어 있었다. 머리를 긁적인 뒤에 손톱에 낀 뭔가를 앞니로 빼서 먹기도 했다. 수련원에서 조별로 색깔이 다른 옷을 주었는데 각 깃발과 같은 색이어서 우리 조는 검정 셔츠를 받았다. 그래서 알거지의 몸에 있던 온갖 먼지나 딱지 같은 것들이 더 두드러지게 보였다.

대구에서 온 피묘석은 '카더라'와 '아이가' 중에 고르라고 하니 좀 더 강해 보인다는 이유로 '카더라'를 골랐다. 카더라는 삭발을 한 데다 눈썹이 엄청 짙고 쌍꺼풀 없이 긴 눈 때문에 호위 무사처럼 보였다. 몸에 군살이 하나도 없지만 발목부터 종아리까지 길게 꿰맨 자국이 있었다.

천전희는 '천천히'처럼 들리는 이름 때문에 '슬로맨'이라 붙였다. 통통한 몸에 얼굴이 뽀얗고 한여름인데도 두 볼이 발그레했다. 그리고 닉네임만큼이나 천천히 움직이고 한참 뜸을 들였다가 말해서 답답했다. 하지만 수련원에 들고 온 가방이나 입고 온 옷에서 부티가 잘잘 흘렀다. 깔끔하게 정리된 손톱과 먼지 한 톨 없는 한정판 신발에서도 부잣집 도련님 티가 났다. '현질'을 마음껏 할 수 있는 계급이겠지. 나처럼 돈 없는 애들은 오로지 몸과 시간을 갈아 넣는 수밖에 없는데.

마지막으로 내 닉네임을 붙이는 순서가 되었다. 내 첫인상은 어땠을까. 나는 내가 생각하는 것보다 더 멋져 보였을지도 모른다. 아니다. 승진이 무리처럼 또 나를 만만하게 봤을 게 뻔하다.

그때 벽에 달린 스피커에서 갑자기 잡음이 들리더니 고깔의 목소리가 들려왔다.

"시간 엄수! 각 조장은 닉네임을 적은 명단을 지금 관리실로 가져올 것. 제시간에 오지 않는 조는 벌칙을 받는다."

"빨리 정하자."

요셉슈타인이 명단을 적은 종이를 든 채 몸을 일으켰다.

"니는 와 아무 특징이 없노."

카더라가 말했다.

맞는 말이다. 나는 존재감이 없다. 올해 봄, 만라 중학교로 전학을 올 때도 이전 학교에서 슬퍼해 주는 친구가 한 사람도 없었다. 아마 책상 하나가 비었는지도 모를 게 뻔하다. 나는 투명한 물 같은 아이다. 어디에 담아야만 있는 줄 안다. 나는 입김 같은 아이다. 차가운 유리창에 입김을 불어야 비로소 존재가 보이듯 평소에는 눈에 띄지 않는다. 그래서 전학 온 첫날부터 친구를 사귀려고 애를 쓴 게, 하필 승진이네 눈에 띄어서 학교생활이 꼬인 것이다.

"닉네임으로 그냥, '철봉'은 어때?"

알거지가 손톱을 물어뜯으며 말했다.

"그건 너무…… 시시하지 않아?"

나도 새로운 존재가 되어 보고 싶다는 말은 나오지 않았다. 내가 생각해도 나는 너무 평범해서 특별해질 일이란 평생 없을 것 같았다.

"비 맞아도 녹슬지 않고, 누가 매달려도 버틸 줄 알잖아. 너도 여기서 철봉처럼 잘 버틸지도 몰라."

요셉슈타인이 그렇게 말하니 왠지 '철봉'도 괜찮아 보였다. 슬로맨이 천천히 뭔가를 말하려는 찰나, 스피커에서 다시 재촉하는 외침이 들려왔다.

그렇게 나는 '철봉'이 되었다.

첫 번째 미션

모두 체육관으로 모였다. 가벼운 소나기가 지나간 뒤라 썩은 나무 냄새가 났다. 체육관에는 네트도, 공도 하나 없었다. 작은 창문들 너머로 먹구름이 사라지고 쨍하게 갠 하늘이 보였다. 나가서 놀고 싶은 마음은 들지 않았다. 축구 같은 건 안 해 본 지 너무 오래되었다.

세 명의 고깔모자 중에 가장 키가 큰 대장 고깔이 입을 열었다.

"첫 번째 미션을 발표한다."

수군대던 소리가 뚝 멈췄다.

"농사 게임이다."

아이들이 금세 심드렁한 표정을 지었다.

"뻔하네. 몸 쓰는 일 시키려고 저러는 거잖아. 하여간 어른들 생각은 다 똑같다니까."

빨간색 옷을 입은 무사조 애들 중 한 명이 투덜거렸다. 팔짱을 끼고 있어 닉네임이 뭔지는 보이지 않았다.

"작년에도 이거랑 비슷한 캠프 가 봤어. 하루 종일 뛰고 구르게 해. 줄넘기나 고무줄놀이, 자치기, 널뛰기 그런 거나 시키고. 건강한 놀이 체험이라나 뭐라나."

뒷줄의 누군가가 또 투덜거렸다.

"바보들."

그 말은 바로 옆에서 들렸다.

'엄크'라는 닉네임이 적힌 이름표를 가슴에 붙이고 있던 천사조 애였다. 긴 팔에 뾰족한 턱 때문에 닉네임을 '사마귀'로 지으면 딱 어울릴 법한 얼굴이었다. 눈이 마주치자 엄크는 나를 비웃듯이 입꼬리를 슬쩍 올렸다.

"수련원 뒷마당에는 정사각형으로 된 세 개의 밭이 있다. 거기에는 각종 작물들이 있지. 많이 수확할수록 높은 점수를 받는다."

농사를 게임처럼 즐겁게 시켜 보려는 속셈이었다. 땀 흘리며 일하는 게 즐거울 리가. 대장 고깔이 마이크에 대고 계속 말을 이어 갔다.

"미션에서 1등한 조에게는 적립금 5만 원, 2등 조에게는 3만 원이 든 카드를 지급한다."

대장 고깔은 그 카드로 곳곳에 있는 음료 자판기를 이용할 수 있다고 설명했다. 그러자 여기저기서 탄성이 터져 나왔다.

여기 오자마자 건물 안을 돌아다니면서 구경했는데 가장 눈에 띈 게 자판기였다. 3층까지의 건물 안 계단 입구마다 자판기가 있었다. 거기 들어 있는 모든 음료는 다 코코콜라인데 색깔과 가격이 달랐다. 자판기를 흔들어도 보고 손도 넣어 봤지만 투명한 유리 너머에 있는 색색의 캔 음료들은 꿈쩍도 하지 않았다. 동전을 넣는 구멍도 없었다. 간식은 하나도 주지 않고 흔한 편의점조차 일절 없는 이곳에서는 오직 자판기만이 생명 줄이라는 걸 모두 깨달았다.

그 안에 든 음료들을 생각하니 침이 꿀꺽 넘어갔다. 뜨거운 컵라면 면발을 입에 넣고 호호 불면서 코코콜라로 차갑게 식히고 싶었다. 입안 가득 작은 기포 폭탄을 팡팡팡 터뜨리고 싶었다. 평소에 즐겨 먹지 않는데도, 여기서 먹을 음료라고는 그것뿐이라고 생각하니 간절해졌다.

"꼴찌를 한 조는!"

고깔이 쩌렁쩌렁하게 외쳤다.

"0원 카드를 받는다. 또, 오늘 저녁에 굶지는 않으나 식사를 할 수도 없게 될 것이다."

밥을 준다는 건지, 안 준다는 건지 알 수가 없었다.

"귀찮아. 그냥 대충 하자. 땀 흘리면서 움직이는 게 세상에서 제일 싫어."

"어차피 어디서 지원금 받아서 하는 캠프일 거면서, 짠돌이들. 음료 좀 그냥 주면 어때."

"게임 한 판만 할 수 있으면 내가 당장 우리 엄마를 판다."
"야, 그건 아니지."
'엄마'라는 말에 자극받은 아이들이 알고 있는 모든 패드립을 쏟아붓는 그때, 쌍둥이 고깔모자가 우리를 내려다보며 웃었다. 볼수록 이상하게 기분이 나빠지는 웃음이었다.
"세 개의 밭 어딘가에는 열쇠가 하나 있지!"
아이들이 이제야 호기심이 생겼다는 듯이 고깔모자를 바라보았다.
"그 열쇠로 본체를 넣어 둔 수납장을 열 수 있다! 본체의 전원 버튼만 누르면 바로 컴퓨터를 쓸 수 있도록 세팅이 다 되어 있다."
갑자기 모두의 눈이 반짝반짝 빛났다. 내 눈에서도 레이저 빔이 발사되고 있었다.
"본체는 어디에 있는데요?"
무사조의 누군가가 손을 들고 물었다.
"수련원 본관 건물 어딘가에 있다. 그것을 찾는 것은 너희의 몫이다."
"치사하다."
"어떻게든 운동시키려고 작정을 했네."
다들 볼멘소리를 하면서도 은근히 기대하는 눈치였다. 컴퓨터라는 말 한마디가 분위기를 바꿔 놓았다. 컴퓨터를 쓰지 못한 지 이틀도 채 지나지 않았는데 온몸이 근질근질해서 견딜 수가 없었다. 밥 먹을래, 컴퓨터 할래? 물으면 당연히 컴퓨터를 선택한다.

고깔모자는 그 열쇠로 컴퓨터를 쓸 수 있는 것은 딱 50분뿐이라고 덧붙였다. 빌런만 가득한 렉크 게임을 한다 치면 두 판으로 꽉 채울 시간이었다. 아쉽긴 하지만 지금은 그것도 감지덕지였다. 모니터의 모서리만 만져 봐도 기분이 좋아질 것 같았다. 모두 비슷한 생각을 하고 있는 게 틀림없었다.

종이 울리자마자 검은 옷, 빨간 옷, 흰옷을 입은 아이들이 뒤섞여서 달려 나갔다.

"힌트는 '성문을 여는 창'이다."

뒤에서 고깔모자가 낄낄 웃으면서 외쳤다.

작정하고 만든 듯 밭은 무지하게 컸다. 마을 전체가 온통 논밭이니 그럴 만도 했다. 조금 전에 내린 비로 땅이 축축했다. 밭과 밭 사이에는 포대 자루, 빨간 고무 대야, 가위, 호미, 꽃삽, 대형 드라이버 등이 질서 없이 놓여 있었다. 어떻게 사용하라는 건지 규칙도 조언도 없었다.

"난 이런 거 못해."

슬로맨이 주저앉았다가, "앗! 차가워!" 하며 일어났다. 똥이 묻은 것처럼 엉덩이가 누레졌다. 슬로맨이 울상을 지으며 이리저리 바지를 돌려 흙탕물이 묻은 부위를 확인했다.

"으, 더러워! 어떡하지?"

다른 아이 같으면 욕부터 할 텐데 슬로맨은 인상만 쓸 뿐 험

한 말은 한마디도 하지 않았다.

"야, 슬로맨. 그냥 흙인데 뭐 어때."

"키보드에 세균이 더 많을 거다."

"뭐 그케 벌벌 떠노."

알거지만 빼고 한마디씩 핀잔을 주었다. 하긴, 알거지는…… 깔끔함에 대해서는 할 말이 없을 것도 같다.

"그럼 넌 일단 열쇠부터 찾아봐."

내가 슬로맨에게 말했다. 계속 울상만 쓰고 있어서 수확에는 아무 도움도 안 될 것 같아서였다. 괜히 귀티가 흐르는 게 아니었다.

"어떻게?"

"눈 뜨고, 잘."

넓은 밭 세 곳을 둘러봐도 눈에 띄는 것은 없었다. 거대한 비닐하우스가 하나 있고 밭 테두리에 상추, 대파가 옥수수와 함께 질서 없이 심겨 있었다. 다른 조 아이들이 벌써 캐낸 것들을 보니 땅속에는 양파와 감자, 고구마도 있는 것 같았다. 뿌리도 잎도 없는 걸로 봐서는 미션을 위해 대충 묻어 둔 걸로 보였다.

다들 열심히 안 할 것처럼 말하더니 컴퓨터라는 말에 정신이 팔렸는지 엄청난 집중력을 발휘했다. 저마다 등을 돌린 채 쭈그리고 앉아 몸에 흙이 묻는 것도 모르고 땅을 파헤치고, 손 닿는 것이면 아무거나 주워 담고 있었다.

그때 요셉슈타인이 나를 돌아보며 웃더니 갑자기 윗옷을 벗었다.
"뭐 하는 거야?"
"옷 벗지 말라는 조건은 없었어, 안 그래?"
"어? 어……. 그렇긴 한데."
나는 어리둥절했다. 해골조의 상징인 검은 셔츠를 벗자 그 안에 요셉슈타인이 원래 입고 있던 하얀 셔츠가 있었다.
"옷을 두 겹 입고 있었던 거야?"
"조별 옷에는 무늬가 없잖아?"
대답은 안 하고 뭘 자꾸 나한테 묻는 걸까. 나는 고개를 끄덕였지만 녀석이 왜 옷을 벗은 건지 알 수 없었다.
"카더라랑 너랑 둘이 작물을 캐고, 알거지는 다른 애들이 우리 거 훔쳐 가지 못하게 감시하면서 대야에 담는 걸 맡아. 슬로맨은 계속 열쇠를 찾고."
요셉슈타인이 한 명 한 명 가리키며 랩을 하듯이 빠른 속도로 말했다. 슬로맨만 고개를 끄덕이고는 나무늘보처럼 느긋하게 걸음을 떼었다.
"니는 뭐 할라꼬?"
"일손이 부족하지 않을까? 다른 애들은 벌써 많이 찾은 거 같은데."
요셉슈타인은 대답 없이 으쌰으쌰 몸을 풀더니, 하얀 셔츠를 입은 천사조 아이들이 모여 있는 곳으로 뛰어들었다. 마치 보호색을 띤 카멜레온처럼 요셉슈타인도 천사조처럼 보였다. 다들 쪼그려 앉아 있어서 금세 누가 누군지 알 수 없어졌다.

"쟈 와 저라노?"

카더라가 고개를 갸웃거렸다. 그러나 천사조가 땅에서 파서 급한 대로 근처에 늘어놓은 야채들을 요셉슈타인이 슬금슬금 주워 담는 모습을 보고는 웃음을 터뜨렸다. 다른 애들은 정신이 없어서 옆 사람을 볼 생각도 하지 않고 두더지처럼 땅만 파고 있었다. 아무도 요셉슈타인이 무슨 조에 속하는지 따져 보지 않았다.

"역시, 슈타인은 슈타인 아이가."

카더라가 엄지를 척, 들어 올렸다.

승리의 조

쭈그리고 앉아 있으니 허리가 아프고 햇볕에 등이 불타오를 것만 같았다. 세 명의 고깔모자는 멀찍이 서서 아이들을 지켜보다가 수첩에 뭔가를 기록했다.

껍질을 까지 않은 양파를 만져 본 것은 처음이었다. 옥수수는 생각보다 잎도 가지도 억세고 단단했다. 시장에서 사 온 아무 야채들이나 다 땅에 대충대충 파묻어 놓은 것 같았다. 굳이 이런 수고를 하다니. 고깔들도 참 이상했다. 마치 보물찾기를 하는 유치원생이 된 기분이 들었다. 단순한 목표를 하나 주고, 아이들은 그 목표가 인생의 전부라도 되는 양 매달리고, 어른들은 팔짱을 낀 채 쉬면서 구경하는 그런 보물찾기. 그래도 지금 당장은, 낙이 될 만한 거라고는 자판기에 든 색색의 음료들과 컴퓨터밖에 없다. 식욕과 게임욕, 오로지 두 개만으로 지금까지 살아온 것 같을 정도로.

땅에 손을 쑥 집어넣자 가지가 손아귀에 들어왔다. 라텍스 베개처럼 부드럽고 껍질이 반들반들했다. 손바닥에 올려놓고 가만히 쥐고 있으니 순하고 어린 동물의 발바닥을 만지는 것 같았다. 그러자 엄마가 길에서 주워 와서 기르다가 데려간 고양이 치치가 문득 생각났다. 내가 아닌 치치를 선택한 것을 생각할 때마다 마음이 점점 쪼그라들었다. 나는 엄마한테도 특별하지 않았나 보다.

엄마는 아빠를, 아빠는 엄마를 도무지 이해하지 못했다. 엄마는 아빠보고 무책임한 히피라고 했고, 아빠는 엄마보고 꽉 막힌 꼰대라고 했다. 내가 보기엔 둘 다 맞는 말이었다. 엄마는 자신의 삶에서 가장 큰 일탈이 아빠와 결혼한 거라고 그랬다. 연말에 산더미 같은 일에 치여 잠시 멘붕이 왔을 때, 거리 공연을 하던 아빠를 만나 그 여유로운 웃음소리에 정신을 놓았다고. "그건 사실 '여유로움'이 아니라 '대책 없음'이었는데. '순수'한 게 아니라 '세상 물정 모르는' 거였는데. 어휴, 내가 내 발등을 찍었던 거지." 엄마는 아빠에게 매달 양육비를 보내는 조건으로 이혼을 하고 훌훌 떠났다. 하지만 아빠는 바로 그 양육비로 신나게 여행을 다니고 있으니 아무리 생각해도 아빠가 이긴 거 같다.

"뭐 좀 찾았어?"

말없이 푹푹 땅을 쑤시고 여기저기 둘러보고 있던 슬로맨에게 물었다. 우리는 슬로맨에게 "야, 호미 좀!" "삽!" "바구니!" "물티슈 좀 가져와!" 하며 심부름을 시켰다. 슬로맨은 열쇠를 찾으러 다니면서 우리 심부름도 하느라 땀범벅이었다. 그냥 흙에 손을 넣는 게 더 나았을 것이다. 대신 우리는 필요한 도구들을 바로바로 받아서 효율적으로 미션을 수행할 수 있어 편했다.

"밭이 너무 넓어."

슬로맨이 고개를 저으며 말했다. 주변을 둘러보니 다들 지친 얼굴이었다.

"힘을 다 빼서 밤에 게임 생각을 못 하게 하는 전략인 걸까?"

슬로맨이 속삭였다.

"그럴지도 몰라. 어쩌면 밥에 수면제를 탈지도 몰라. 게임 생각도 못 하고 잠들게 하려고."

알거지가 말했다.

"근데 깃발 색깔도 그렇고, 해골, 천사, 무사로 조를 나눈 것도 좀 이상하지 않아? 게임 중독 캠프인데 자꾸 게임 생각나게 하잖아."

아까부터 계속 마음에 걸리던 걸 말했다. 이런 캠프를 처음 와 봤으니 뭐가 어떻게 돌아가는 건지 전혀 짐작할 수 없었다. 어떤 룰로 진행되는 건지 알지 못한다는 게 찜찜하고 답답했다. 게임에서는 내가 상대 팀 전력을 파악하고 전투 전략을 짠 뒤 아이템을 장착할 수 있는데, 여기서는 고깔들의 전력도 궁극기도 분석할 수 없으니 힘이 빠졌다.

"일부러 그러는 거겠지. 저번에 텔레비전에서 봤는데, 사탕을 많이 먹는 아이한테 일부러 사탕을 엄청나게 많이 줘서 그걸 끊게 하는 치료 기법이 있대. 그럼 사탕에 질려서 안 먹게 된다나 봐. 그래서 우리한테 게임을 생각나게 하는 뭔가를 자꾸 보여 주고 질리게 만드는 거 아닐까?"

슬로맨이 골똘히 생각한 끝에 말했다. 그런 전략이라면 우리에게 게임을 24시간 억지로 시켜야 하는 거 아닐까. 그런 게임 고문은 얼마든지 받을 수 있는데. 상상만 해도 기분이 좋아졌다.

하지만 게임에서 본 적이 없는 존재가 있었다.

"그럼 고깔모자는 뭔데?"

파란 고깔을 쓴 우락부락한 남자들은 캠프에서 처음 보는 존재였다.

그때 스윽, 요셉슈타인이 앉은걸음으로 다가왔다.

"화이트 다이아 이상의 레벨에서 전투할 때 비밀 채팅 창으로만 나오는 세 명의 요정이야."

요정이라니. 사각턱과 우락부락한 근육이 떠올라 웃음이 터졌다.

"요정들이랑 뭘 하는데?"

"진실과 거짓과 농담을 상징하는 요정들이지. 마법사들처럼 소환해서 전투에 대한 충고를 들을 수 있어. 요정을 딱 세 번 소환할 수 있는데, 상대 팀 전력이나 현재 가지고 있는 아이템의 종류, 약점 같은 걸 물어볼 수 있어. 세 번의 대답 중에 하나는 백 퍼센트 진실이고 하나는 백 퍼센트 거짓말이고 하나는 농담이야. 그걸 잘 구별해서 전투를 해야 되는 거지."

"머리 아프겠다. 역시 아무나 그 레벨에서 노는 게 아니네."

화이트 다이아 레벨이 되어 본 적이 없으니 익숙하지가 않았던 거다. 피시방에서도 그런 레벨의 고수는 본 적이 없고.

"그럼 그 대가는?"

슬로맨이 물었다.

"거짓말이나 농담을 진실과 구별하지 못해서 패배하면, 모든 레벨이 다시 제로가 돼."

요셉슈타인의 말에 모두 헉, 하고 숨을 삼켰다.

"그래서 프로 게이머들 경기에서는 요정이 안 나오는 거야?"

"야, 프로 게임에서 그럴 만큼 한가한 시간이 어딨냐. 1초 단위로 전략을 짜는 판에."

내 말에 슬로맨이 핀잔을 주었다. 하긴 그럴 만했다. 렐크 챔피언전을 20회 연속 우승한 부처멘탈 형이 생각났다. 그 형은 작전을 판단하는 데 1초도 허투루 쓰지 않았다. 손가락에 뇌가 달려 있기라도 한 듯 찬란한 속도로 적을 무찔렀다. 그 경기를 단 한 번만이라도 직접 관전하는 게 내 오랜 꿈이다.

하지만 부처멘탈 형은 요즘 프로 생활을 접고 잠적 중이다. 어떤 리그에서도 모습이 보이지 않는다. 도대체 어디로 간 걸까.
"우리 이럴 때가 아니야."
요셉슈타인이 훔친 양파를 우리 대야에 쏟아부으면서 중얼거리는 말에 정신이 들었다.
"열쇠를 찾아야지."
"성문을 여는 창……. 그게 힌트였지? 도대체 그게 뭔데?"
알거지는 불안한 얼굴로 귀를 파기 시작했다. 모두 인상을 쓰며 고개를 돌렸다. 알거지는 렐크 게임을 해 본 적이 없어서, 성문이나 창, 열쇠 같은 장치를 이해하지 못했다. 게임을 할 줄 모르니 아마 함께 놀 친구도 없었을 것이다. 하지만 나는 알거지한테 자꾸 마음이 쓰였다.
렐크 게임의 최종 목표는 상대방이 쌓아 놓은 성으로 들어가서 우리 팀의 깃발 세 개를 꽂는 것이다. 깃발을 꽂자마자 초콜릿 빛 성이 무너져 내리면서 게임이 끝난다. 성에 가는 길은 세 가지가 있다. 천사 종족은 하늘길로 날아서 간다. 무사 종족은 걸어서 지상으로 가고, 해골 종족은 지하 세계를 통해 미끄러지듯 이동한다. 세 사람이 한 팀이고 각각의 종족에서 원하는 캐릭터를 골라서 움직이지만 성문을 열 때만큼은 반드시 세 종족이 한자리에 있어야 한다.
천사 종족의 날개와 무사 종족의 창과 해골 종족의 얼굴을 합친 다음……. 알거지에게 설명하는 중에 요셉슈타인이 말을 가로챘다.

"성문의 손잡이에는 세잎클로버 표시가 있어. 그걸 창끝과 맞춰서 오른쪽으로 돌리면 열리는 거야. 성문을 열어야 깃발을 꽂을 수 있고, 그걸 다 하면 우리 팀이 이기는 거지."

"게임에서는 좀 큰 드라이버처럼……."

슬로맨이 말하다 말고 입을 떡 벌리더니 밭과 밭 사이에 이런저런 도구들을 쌓아 둔 곳으로 달려갔다. 우리가 심부름을 시킬 때마다 달려가서 이것저것 집어 오던 장소였다. 슬로맨은 단번에 길쭉한 뭔가를 집어 들고 다시 뛰어왔다.

"그건 뭐야?"

"내가 아까 봐 둔 거야. 저런 걸 왜 저기 뒀나 싶었는데."

슬로맨이 천천히, 손에 쥔 것을 들어 올렸다. 그건 날이 40센티미터쯤 되는 대형 드라이버였다. 손잡이에는 마치 중세시대에 기사들이 쓰는 창처럼 손을 넣을 수 있는 빈틈이 있었다. 그리고…….

앞에는 클로버 모양으로 홈이 파여 있었다.

"성문을 여는 창이잖아!"

우리는 헉, 하고 숨을 들이켰다.

"찾았다!"

그때, 무사조의 누군가가 손을 높이 들고 외쳤다. 무사조 아이들이 팔짝팔짝 뛰었다. 당근에 박혀 있던 열쇠가 햇볕에 번쩍였다. 평범하게 생긴 열쇠였다. 세 고깔모자가 일제히 그 아이를 바라보는 사이, 나는 드라이버의 손잡이를 재빨리 돌려서 분리했다. 밭이랑에 던지자 카더라가 발끝으로 흙을 툭툭 차서 손잡이를 묻었다. 나는 둥근 날만 주머니에 넣었다.

열쇠를 찾은 무사조 애가 고깔에게 달려가 열쇠를 눈앞에 들어 보였다. 그 애는 너무 기뻤는지 빙글빙글 돌다가 고깔을 와락 안으려고 했다. 옷에서 흙이 떨어져 나오자 고깔이 뒷걸음을 치다가 넘어질 뻔한 그 순간, 반짝거리는 뭔가가 고깔의 바지춤에서 툭 떨어졌다.

내가 다가가려는 찰나 '엄크'가 잽싸게 달려가 반짝이는 그것을 주워 올렸다. 고깔은 계속 흙을 털며 그 열쇠가 맞는지 묻고 또 묻는 무사조 애한테 정신이 팔려 있었다. 고깔이 손을 저었지만 무사조 애는 포기하지 않았다. 나는 엄크와 눈이 마주쳤다. 엄크는 검지를 들어 쉿, 하더니 한쪽 눈을 찡그려 윙크를 보냈다.

모두 흙투성이가 되어 땀에 흠뻑 젖은 채 미션을 끝냈다. 본관으로 들어가 샤워실 앞에서 대기를 하던 중에 갑자기 요셉슈타인이 아까 벗어 둔 옷이 생각났다. 승리에 취한 나머지 아무도 그걸 챙기지 않았다는 게 기억난 것이다. 요셉슈타인은 이미 씻으러 들어간 다음이었다.

나는 요셉슈타인에게 내 존재감을 드러내고 싶은 마음에 아무한테도 말하지 않고 잽싸게 본관 밖으로 빠져나왔다.

모퉁이를 돌아 강당 뒤편으로 가는데 누군가 싸우는 소리가 들렸다.

"본체 열쇠를 찾으라니 도대체 무슨 생각으로 그런 거야?"

거칠고 탁한 목소리로 봐서는 대장 고깔이 화를 내고 있는 게 분명했다.

"죄송합니다."

"박사님께서 아이들이 무기력하게 있으면 초기부터 캠프 진행이 잘 안 되고 참여율이 저조해진다고 하셔서요……."

"맞아요. 흥미를 느낄 수 있는 건 뭐든 시도해 보라고……."

쌍둥이 고깔들이 풀 죽은 목소리로 말했다.

철썩철썩 소리가 두 번 났다. 나는 놀라서 강당 벽에 몸을 바짝 붙였다.

"그건 탈출 시도자가 발생하면 회유책으로 쓰는 거라고 했잖아. 매뉴얼 확인 안 했어?"

"죄송합니다. 저희가 급하게 여기 투입돼서 미처 숙지를……."

"똑바로 해! 인턴에서 정직원 되고 싶으면 정신 차리고 일을 하라고!"

"넵!"

"넵!"

보이지는 않지만 두 고깔이 손을 허벅지에 착 붙이고 벌벌 떨고 있는 장면이 상상되었다. 내가 소중하게 여기는 것들을 모두 압수할 때에는 힘이 세고 큰 존재처럼 보였던 그들도 더 힘이 센 자 앞에서는 별것 아니라는 게 우스웠다. 나는 세 고깔의 발소리가 멀어지는 걸 확인하고 밭으로 뛰어가 요셉슈타인의 옷을 챙겼다.

'탈출 시도' '회유' 이런 낱말이 내 고막에 진드기처럼 들러붙어 떨어지지 않았다.

저녁 식사로 나온 당근 볶음에 고구마, 가지튀김과 양파절임도 생각보다 맛있었다. 평소라면 거들떠보지도 않았을 야채들인데 허기가 진 탓에 허겁지겁 먹었다.
"난 야채가 제일 싫어."
요셉슈타인은 밥만 꾸역꾸역 먹었다.
슬로맨은 우아한 몸짓으로 냅킨을 뽑아 입을 닦았고 알거지는 손가락으로 자꾸 귀를 팠다. 맞은편에 앉은 무사조 아이들이 알거지를 가리키며 얼굴을 찌푸렸다.
요셉슈타인이 야채를 훔쳐 온 덕분에 우리가 압승을 거뒀다. 무사조는 2등, 천사조는 꼴찌였다.
천사조 애들은 아주 작은 접시를 하나씩 받았다. 접시 위에는 알약 모양, 젤리 모양, 스틱 모양 등의 여러 영양제가 놓여 있었다.
"천사조는 오늘 진수성찬을 받네."
고깔모자가 놀리듯 웃으며 말했다.
"비타민 A, 비타민 C, 칼슘과 미네랄, 단백질 캡슐과 탄수화물까지 모든 영양소가 골고루 들어간 완벽한 식단의 영양제들이다. 물과 함께 먹도록."
굶지도 않으면서 식사를 하는 것도 아닌 천사조 애들의 식사는 3분 만에 끝났다. 나는 맞은편 테이블에 앉은 엄크가 주머니에 손을 넣어 꼼지락거리는 걸 유심히 지켜보았다. 그 아이가 고깔이 떨어뜨린 뭔가를 줍는 모습을 봤다는 건 아무한테도 말하지 않았다.

엄크가 자리에서 일어났다. 한 손은 주머니에 넣은 채였다. 나도 주머니에 손을 넣었다. 손잡이를 분리해 반 토막으로 작아진 날이 잡혔다. 손아귀에 힘을 주었다. 쌤통이다 싶을 만큼 혼이 나던 고깔들을 생각하니 왠지 힘이 더 세지는 것만 같았다.

나는 알거지다

"아빠, 아빠!"

게임하는 아빠를 건드리면 안 되는 건 알지만 어쩔 수 없다. 건물주 아저씨가 또 찾아왔기 때문이다. 나는 조심스럽게 아빠의 헤드셋을 벗겼다.

"아, 씨! 또, 왜! 밥통 화장실에 있잖아! 창고에서 김치 꺼내 먹고 학교 가라니까!"

아빠는 오늘이 일요일인 것도 몰랐다.

"그게 아니라……."

나는 아저씨의 눈치를 보면서 뒤로 물러났다.

"김 사장!"

아저씨가 화난 목소리로 아빠를 불렀다. 아빠는 화들짝 놀라서 뒤를 힐끔 보았다. 그러나 금방 모니터로 눈을 돌렸다. 헤드셋을 다시 고쳐 썼다.

"잠, 잠깐만요. 요 판만 끝내면 되거든요. 이게 팀플이라서 저 혼자 갑자기 빠지면 매너가 아니라서요. 신고당하면 한 달은 정지 먹을 수도 있고. 그러면 여태 해 온 게 다 무너지잖아요. 공든 탑인데."

아빠는 아무 말이나 하면서 게임을 이어 갔다. 헤드셋을 끼고 있어서 게임 안에서 나는 소리는 하나도 들리지 않았다. 대신 아빠가 자판을 부술 듯이 두드리는 소리만이 텅 빈 공간에 총소리처럼 퍼져 나갔다. 나는 안절부절못하며 아저씨와 아빠를 번갈아 보았다.

"알지야."

아저씨가 갑자기 나를 불러서 화들짝 놀랐다.

"네?"

목을 움츠리고 기어가는 듯한 목소리로 대답했다.

"화장실에 있는 밥솥 너희 거지?"

"네……."

"아빠보고 당장 치우라고 해라. 3층을 너희 가게만 쓰는 게 아니잖아. 세무사 사무실이랑 치과랑 다 같이 쓰는 화장실인데 거기다 밥솥을 두면 어떡하라는 거냐?"

아빠가 밥솥을 거기 둔 건, 화장실에서 쓰는 전기는 공용 관리비에 포함되기 때문이다. 아빠가 얼마나 쓰든, 3분의 1만 내면 된다는 얘기다.

"꼭 전할게요."

아저씨는 팔짱을 풀고 돌아서 가다 말고 멈췄다. 딱딱한 목소리로 나를 불렀다.

"알지야. 너, 중학교 1학년이라 그랬나?"

"네."

"너는 아빠처럼 되면 안 된다. 공부 열심히 해라. 알겠니?"

나도 안다고요.

대답하지 않았다. 아빠한테도 좋은 시절이 있었다는 걸 나는 안다. 누군가는 '아빠처럼' 되고 싶었다는 것도.

아저씨는 나를 훑어보더니, "집에 온수 안 나오냐? 좀 씻고 다니고." 하더니 고개를 절레절레 저으며 나갔다. 가슴속에 먼지가 가득 낀 것처럼 답답해졌다.

"아! 씨! 저 새끼는 왜 저기서 죽어? 돌대가리 아냐? 어휴. 네 부모는 너 낳고 미역국 먹었냐?"

아빠가 흥분해서 자판을 더 세게 두드리는 소리가 들렸다. 마우스를 뽑더니 바닥으로 내동댕이쳤다.

한 달 넘게 바닥 청소를 하지 않아 쌓인 먼지 위로 발자국이 찍혀 있었다. 아빠가 조준을 잘 못해서 쓰레기통 밖에 떨어진 콜라 캔 속으로 개미들이 줄지어 들어갔다. 나는 그걸 가만히 내려다보았다.

"너, 이 자식, 아직 학교 안 갔냐?"

아빠가 씩씩, 숨을 고르며 물었다.

"아, 다녀올게."

"그래, 어서 가!"

나는 계산대에 올려 둔 책가방을 메고 금고를 열었다. 아빠 가게는 키오스크조차 없는 구식이었다. 천 원짜리 세 장과 동전 몇 개를 모두 집어 주머니에 넣고, 전원을 꺼 놓은 냉장고에서 콜라를 하나 꺼내 밖으로 나왔다.

어둠 속에만 있다가 나오니 눈이 부셨다. 더운 바람이 불어왔다. 세탁기를 안 돌린 지 오래되어 옷에서 냄새가 났다. 나는 파릇파릇한 가로수를 따라 한참 걸어서 옆 동네에 있는 피시방으로 갔다. 세 시간짜리 이용권을 끊고 자리에 앉았다. 알바생 형이 얼음이 동동 든 오렌지주스를 가져다주었다.

"서비스야. 시원하게 마시렴. 불편한 거 있으면 얘기하고."

나는 고개를 끄덕였다.

피시방은 애들로 가득 차 있었다. 공기 청정기도 여러 대 돌아갔다. 천장에 달린 에어컨으로 서늘한 바람이 불어왔다. 먼지 냄새도 안 나고, 키보드는 끈적임 하나 없이 깨끗했다. 모니터로 음료와 라면을 주문할 수도 있었다.

나는 음악 사이트에 들어가서 헤드셋을 끼고 눈을 감은 채 음악을 들었다. 엄마가 좋아했던 김광석 아저씨의 노래들이다. 아저씨는 참 슬픈 목소리를 가졌다.

컴퓨터라면 지긋지긋하지만 달리 갈 곳이 없었다. 도서관은 멀리 있고 책 읽기에 취미도 없다. 세 시간씩 앉아 있을 수 있는 시원한 곳은 피시방밖에 없는 것이다. 놀러 갈 친구 집도, 반겨 줄 친척 집도 없는 나 같은 아이에게는.

나는 게임을 하지 않는다. 총을 쏘는 것도, 화살을 쏘는 것도 다 무섭고 싫다. 군인들에게 폭탄을 던져 몸을 산산조각 내거나, 어차피 실재하지도 않는 건물을 오랜 시간을 들여 짓거나, 상대 팀이 애써 만들어 놓은 성을 파괴하는 게 무슨 의미가 있는지 모르겠다.

죽어라, 죽어라 하고 소리 지르는 게 뭐가 좋다는 걸까. 상대 팀을 빨리, 많이 죽일수록 레벨이 올라가는 게임의 세계는 정말 이해할 수가 없었다. 귀가 터질 것처럼 시끄러운 소리도 싫고, 비명을 지르며 죽었다가 다시 살아난 캐릭터를 보는 것도 기분이 이상했다.

현실에서는, 죽은 것은 절대 살아나지 않는데…….

나는 헤드셋 사이로 손가락을 넣어 귀를 파기 시작했다. 기분이 이상할 때는 이렇게 해야 했다. 귀에 피딱지가 생기고 고름이 잡히고 다시 살이 돋을 때까지 반복해서 새끼손가락을 넣어 돌렸다.

엄마가 보고 싶다. 진짜 보고 싶다. 오늘은 엄마가 교통사고로 죽은 지 딱 일 년 되는 날이다. 아빠는 그것도 잊고 있을 거다.

아빠는 괴롭다는 말을 입에 달고 산다.

"뭐가 괴로워?"

"살아 있는 게 괴롭지. 알지야. 팍 죽어 버릴까."

아빠는 하고 싶은 게임만 하고 사는데 뭐가 괴롭다는 걸까. 피시방 사장인 아빠가 울상이니 손님이 올 리가 없었다. 가게는 망해 가고 있었다.

아빠는 한때 잘나가는 프로 게이머였다. 꽤 큰 회사에 소속되어서 돈도 많이 벌고 이름도 알렸다. 하지만 그때는 프로 게이머라는 직업이 생긴 지 얼마 되지 않아서 사람들한테 인정받기 힘들었다고 한다.

"네 외할머니가 나보고 미래가 없는 사람이랬어."

아빠는 그 말을 잊어버리지 않았다. 엄마가 하늘로 가고 나서는 외가에 발길을 뚝 끊어 버렸다. 이모들과 연락도 하지 못하게 했다.

아빠의 프로 게이머 생활은 오래가지 않았다. 더 어리고 게임도 잘하는 사람들이 해마다 새로 들어왔다. 아빠는 그 뒤로 게임을 만드는 회사에 취직도 해 보고 게임기 영업도 해 보고 오락실도 열었다가 모두 그만두었다.

"내가 얼마나 잘나가던 사람인지 증명하고야 말겠어."

아빠는 이를 갈며 말했지만, 현실에서는 무능한 사람일 뿐이다. 밥솥에 곰팡이가 피는지도 모르는 사람.

더러운 바닥과 망해 가는 가게와 친구도 없는 아들이, 아빠가 가진 전부이니까 아빠는 이 현실에 눈을 뜨고 싶지 않겠지.

나는 학교에서 얼마 전 있었던 '게임 중독 설문 조사'에서 내가 아빠라고 생각하고 체크했다.

'게임을 하지 않으면 불안하고 긴장이 된다'에 가장 높은 점수인 10점에 체크.

'게임을 더 잘하기 위해서 현금을 쓴 적이 있다'에 10점.

'게임을 할 때 나도 모르게 흥분하거나 욕을 쓴다'에도 10점.

'게임을 하는 동안 다른 일에 신경을 쓰지 않는다'에도 10점.

다른 친구들은 일부러 0점에 체크했다고 했다. 혹시라도 중독 학생으로 분류되면 집으로 연락이 갈 거고, 컴퓨터를 압수할 기회만 호시탐탐 노리는 엄마한테 좋은 먹잇감이 될 게 뻔해서였다.

하지만 나는 아빠가 나를 좀 봐 줬으면 했다. 게임 중독 상담을 받으러 다니거나 학교에서 연락이 오면, "우리 아들이 이렇게 심각해졌다니! 이건 다 내 탓이니까 이제 게임을 끊어야겠다."라고 없던 마음을 먹을지도 모른다고 믿었다.

나 좀 봐 줘. 나 좀 봐 달라니까! 외치고 싶었다.

그런데 방학이 시작되자마자 낯선 사람들과 차를 타고 이곳으로 오게 된 것이다. 아무리 둘러봐도 게임광인 애들밖에 없는 이상한 캠프에.

이 게임 중독자들과 함께 놀다 보면 아빠를 이해할 수 있게 될까?

벽에서 들려오는 소리

한 걸음 한 걸음 앞으로 딛기가 힘들다. 발에 무쇠를 달아 놓은 것 같다. 나는 황금 갑옷을 입고 있다. 등에 손을 대자 독수리 화살이 만져진다. 아! 여긴 렐크 게임 속이고, 나는 전투 중인 이순신이다! 톡-싸아아-톡-싸아아-

갑자기 포카혼타스가 바위 뒤에서 나타났다. 포카혼타스의 궁극기는 머리카락 전법이다. 새까만 머리카락이 갑자기 보아뱀으로 변해 무사를 삼켜 버리는 것이다. 그래서 포카혼타스를 이기려면 무사조에서 칼을 든 캐릭터가 나와야 한다. 머리카락을 싹둑! 잘라 버려야 도망을 갈 수 있기 때문이다.

포카혼타스의 시커먼 눈동자가 나를 노려본다. 자세를 바꾸면서 기합을 넣고 있는 걸 보니 곧 궁극기를 쓸 모양이다. 이번 게임에서 우리 팀의 천사 종족이 선택한 캐릭터는 하필 황금박쥐다. 구름에 매달려 단단한 황금 똥을 툭툭 싸서 적을 기절시키는 게 궁극기인 이상한 캐릭터이다. 상대 팀이 투구나 모자 아이템을 쓰면 아무짝에도 쓸모없는 기술이다. 꺄악 꺄악 소리를 지르며 똥을 피해 다니는 상대를 보는 게 재미있다는 이유만으로, 이런 캐릭터를 선택하는 빌런들이 꼭 있다.

포카혼타스가 무서운 목소리로 괴성을 지른다. 끝장이다. 시커먼 머리카락이 날아온다. 눈앞이 캄캄해진다. 톡-싸아아-톡-싸아아- 머리카락이 코코콜라처럼 너울너울, 부풀어 오르더니 보아뱀으로 변신한다. 나의 죽음을 적에게 알리지……. 갑자기 둥 둥둥둥 북소리가 울린다.

고개를 돌리니 화면 밖에 있는 승진이의 커다란 얼굴이 보인다. 키보드가 부서져라 알트 키와 F7 키를 파바박 눌러 대는 승진이의 시뻘건 얼굴. 누구보다 무서운 존재.

"레벨 업 해 놓으라고 했지!"

승진이의 고함이 쩌렁쩌렁 퍼져 나간다.

톡-싸아아-

벌떡 일어났다. 1등 상품으로 받은 카드로 코코콜라를 한 캔씩 마시고 잔 탓에 목구멍이 바짝 마른 종이처럼 까끌했다. 침을 모아 삼켰지만 목이 탔다.

톡-싸아아-렐크는 여러분을 환영합니다-성문이 열립니다-

이게 무슨 소리지? 불빛이 모두 꺼진 방은 포카혼타스의 머리카락처럼 어두웠다.

톡-싸아아-코코콜라는 맛있어요-황금박쥐 똥이닷-꺄아-꺄아-내 죽음을 적에게 알리지 마라-둥둥둥둥 투투투투 파바바바박-

렉크 게임을 할 때 나오는 익숙하고 그리운 소리였다. 소곤소곤 조그맣게, 그러나 끊이지 않고 소리가 계속되었다. 벽을 더듬어 스피커 아래로 가자 소리가 더 선명하게 들렸다.

나는 비상 손전등으로 복도의 벽에 걸린 시계를 비추어 보았다. 새벽 3시 50분이었다. 누군가 뒤척이는 소리, 코 고는 소리에 섞여 스피커에서 흘러나오는 소리는 자장가처럼 들리기도 했다.

이 소리 때문에 게임하는 꿈을 꾼 건가?

나는 자고 있는 요셉슈타인의 어깨를 가만가만 흔들었다.

"안 먹어요!"

요셉슈타인이 벌떡 일어나며 외쳤다.

"뭘 안 먹어?"

"어? 철봉이, 너야?"

요셉슈타인이 숨을 고르더니 손을 뻗어 주변을 더듬었다. 나는 안경을 찾아서 녀석의 손에 쥐여 주었다.

"벌써 아침이야?"

"쉿. 이 소리 들려?"

······코코콜라는 맛있어요-푸슈푸슈-성문이 열립니다······

요셉슈타인이 고개를 갸웃거리더니 밖으로 나가자는 손짓을 했다. 알거지, 슬로맨, 카더라는 모두 잠에 깊이 빠져 있었다. 우리는 살금살금 밖으로 나왔다.

"어디서 들려오는 소리야?"

내 말에 요셉슈타인은 모르겠다는 듯 고개를 저었다. 수련원 내부는 머리카락 떨어지는 소리도 들릴 것처럼 고요했다. 폐교를 리모델링한 건물이라 그런지 으스스한 기운이 복도를 채우고 있었다.

"위에서 들리는 거 같지 않아?"

"올라가 보자."

좀비 게임 안에 들어와 있는 것 같아서 온몸이 간질간질해지면서 왠지 흥이 났다. 우리는 손전등 불을 끄고 비상구 불빛에 의지해 계단을 올라갔다. 계단의 차가운 감촉이 맨발바닥에 전해졌다.

나는 혼자 탈출 계획을 세울 때 미리 벽에 붙은 약도를 보면서 건물의 구조를 익혀 두었다. 수련원 본관은 3층까지 있고 계단은 건물의 중앙에 있다. 1층에는 공동 샤워실과 각 조의 방들, 2층에는 관리실, 보건실 등이 있고 3층에는 시청각실과 도서실, 개방되지 않은 몇 개의 방들이 있다. 고깔들은 밤이 되면 검은 차를 타고 수련원 밖으로 나갔다. 하지만 수련원 현관문과 창문의 방범창을 밖에서 잠그는 걸 잊지 않았다. 어차피 운동장을 가로질러 달아나 봤자, 논밭뿐인 캄캄한 풍경이 펼쳐질 테지만.

요셉슈타인과 나는 입을 꾹 다물고 2층 방들을 하나씩 살폈다. 각각의 방에서 짙은 어둠이 연기처럼 뿜어 나오는 것만 같았다. 복도에서는 소리가 들리지 않았다. 방이 있는 벽에 귀를 대면

소리가 가늘게 이어졌다. 그래서 방마다 귀를 대며 복도 끝 보건실로 향하자, 소리가 점점 가깝게 들려왔다. 나는 요셉슈타인의 어깨를 살짝 잡고 보건실을 가리켰다. 요셉슈타인이 고개를 끄덕였다.

보건실 코앞까지 온 순간, 갑자기 소리가 뚝 멎었다.

"너무 피곤해서 헛소리를 들은 게 아닐까. 들어가서 잠이나 더 잘까?"

내가 하품을 연달아 세 번 하고는 요셉슈타인에게 말했다.

"3층도 가 보자. 혹시 알아? 본체를 찾을지."

'본체'라는 말에 정신이 번쩍 들었다. 에너지 음료를 마신 듯 기운이 솟았다.

우리는 3층 시청각실부터 찬찬히 수색했지만 역시 실패였다. 문이 다 잠겨 있는 데다 어떤 소리도 더는 들려오지 않았다. 우리가 찾으러 다니는 걸 알고 스피커가 입을 꾹 다물기라도 한 것 같았다. 본체가 어디 있는지도 알 길이 없었다. 나는 어깨가 땅으로 처질 것만 같았다.

이제 3층 반대편 복도 쪽만 남았다.

"마지막이야."

요셉슈타인이 손짓을 한 그 순간이었다.

"끄억. 끄윽. 흡."

소리가 나는 곳을 향해 우리는 동시에 고개를 돌렸다. 누군가 있었다. 트림을 하다가 급히 입을 막는 듯했다.

"누가 있나 봐."

천장에 매달린 귀신이 내 머리카락을 움켜쥐고 잡아당기는 것 같았다.

"저쪽이야."

요셉슈타인이 반대편 복도 쪽을 가리키며 속삭였다. 우리는 뒤꿈치를 들고 빠르게 움직였다. 쓱쓱 소리가 나더니 무언가 벽에 부딪치는 것 같았다. 윽, 하고 신음 소리가 들렸다.

"거기 누구야?"

내가 낮은 소리로 물었지만 대답은 들리지 않았다. 나는 주머니에 넣어 둔 드라이버 날을 오른손으로 꽉 쥐었다.

요셉슈타인이 자판기 뒤편을 가리키며 손가락 세 개를 들어 보였다. 나는 CSI나 FBI 요원이 된 것 같았다. 라저! 하고 외치면 속이 시원해질 것 같았다. 하나, 둘, 셋! 하고 우리는 동시에 자판기와 벽 사이로 뛰어들었다.

"윽!"

손전등을 비추자 두 손으로 얼굴을 가린 채 벽에 기대어 잔뜩 움츠린 아이가 보였다. 그 아이는 천천히 손을 내렸다. 익숙한 얼굴이었다.

"넌…… 천사조 엄크 아냐?"

사마귀처럼 뾰족한 턱을 가진 엄크가 맞았다. 엄크 옆에는 다 마신 코코콜라 빈 캔들이 쌓여 있었다.

"이걸…… 다 먹은 거야?"

요셉슈타인이 물었다. 엄크가 대답을 망설이는 사이, 요셉슈타인이 추궁을 이어 갔다.

"너희 조는 꼴찌라서 자판기 카드 못 받았잖아. 무슨 수로 이걸 꺼내 먹은 건데?"

엄크는 머뭇거리며 불안한 듯 눈을 굴렸다. 나를 향해 윙크를 보낼 때의 당당한 표정이 아니었다.

그때 내 머릿속을 스쳐가는 것이 있었다.

"너, 자판기 열쇠 가지고 있는 거지?"

엄크의 얼굴이 하얗게 질렸다.

"자판기 열쇠를 찾는 미션은 없었잖아?"

요셉슈타인이 내게 물었다.

"고깔 바지에서 떨어진 걸 쟤가 주워서 몰래 주머니에 넣는 걸 봤어."

"그게 진짜야?"

요셉슈타인이 다시 손전등을 들이대자 엄크가 얼굴을 찌푸리며 고개를 끄덕였다. 나는 손전등을 든 요셉슈타인의 손을 지그시 눌러 불빛이 바닥을 향하게 했다.

"비밀로 해 줘. 난 쫓겨날 수 없어. 여기 끝까지 있어야 해."

엄크가 기어들어 가는 목소리로 말했다.

"뭐?"

나는 당장이라도 탈출하고 싶은데, 여기에 끝까지 있겠다니 무슨 생각인지 도무지 이해가 가지 않았다.

"들키는 건 시간문제야. 고깔들이 얼마나 꼼꼼하게 체크하는데. 콜라 개수가 모자라는 걸 금방 알 거라고."

내 말에 엄크가 울상을 지었다.

"네가 몰래 콜라를 훔쳐 먹은 걸 고깔한테 알려 주면 우리는 상점을 받을지도 모르지. 여긴 게임 속이나 다름없단 걸 아직 눈치 못 챘어? 최후의 승자는 우리가 될 거야."

요셉슈타인의 말에 엄크가 침을 꿀꺽 삼켰다. 얼굴이 점점 발갛게 달아올랐다. 나는 엄크의 손끝이 떨리는 걸 보았다.

"말하지 마, 제발. 나도 이게 자판기 열쇠인 건 몰랐어. 그냥 여기저기 다 꽂으며 다녀 본 거야. 진짜야. 내가 찾는 방은 따로 있거든."

"어떤 방을 찾는데?"

내 말에 엄크가 괜히 말했다 싶은지 입술만 달싹거리며 생각에 잠겼다. 하지만 그 비밀만큼은 말해 줄 수 없다고 판단했는지 슬그머니 고개를 저었다.

"엄크 너도 혹시 그 소리가 어디서 나는지 찾고 있었던 거야?"

"무슨 소리?"

"못 들었어? 코코콜라 쏴아아 어쩌고 하는 거. 방에서만 들리는 거 같아."

"아, 나는 못 들었어. 열쇠 구멍 찾아다니느라 방에 없었으니까."

도대체 몇 시간이나 미리 나와서 헤맨 건지 엄크는 온통 땀에

젖어 있었다.

"뭘 그렇게 찾고 있었던 건데?"

"그건 말해 줄 수 없다니까."

요셉슈타인의 추궁에 엄크가 다시 방어막을 쳤다. 엄크는 꽤 단호한 표정을 하고 있었다. 나는 엄크가 빈 캔을 어디론가 치워 버리고 나 몰라라 하고 잠들면 그만이라는 생각이 들었다. 우리가 고자질해 봤자 아무도 믿어 주지 않을지도 모른다.

"대신 다른 걸 말해 줄게."

엄크가 눈을 빛내며 말했다. 표정만큼은 무척 비장했다. 요셉슈타인과 나는 엄크 앞에 쪼그려 앉았다. 손전등을 껐다. 창문 밖으로 플라타너스 나무들이 흔들리는 소리가 났다.

"무사조 애들이 찾은 건 옥상을 여는 열쇠였어. 그 조 하드캐리라는 녀석이 혼자 게임하려고 본체가 있는 곳을 찾아다니다가 발견한 거야."

나는 안도의 숨을 쉬었다. 우리가 가진 열쇠가 본체 열쇠일 가능성이 더 높아졌다.

"그럼 본체는 어디 있는데?"

"그건 몰라. 1층과 2층에는 없어. 걔가 다 확인해 봤거든. 나도 해 봤고. 근데 그건 알아서 뭐 하게? 너희는 열쇠도 없잖아?"

엄크가 의심스럽다는 듯 물었다.

"게임하고 싶어서 그러지."

요셉슈타인이 둘러댔다. 엄크가 그건 그래, 하며 고개를 끄덕였다.

"참, 보건실 안에는 뭐가 있지?"

내가 말을 돌렸다.

"보건실? 거긴 메딕이 머물겠지. 특수 장치로 잠겨 있어서 절대 못 열어. 그건 열쇠로 열 수 있는 장치도 아니었어. 왜? 너 어디 아파?"

"다른 방과 다르게 창문도 온통 까만 커튼으로 가려져 있어서 그래. 내가 궁금한 건 못 참지."

내 말에 엄크가 고개를 끄덕였다.

"아무튼 우리, 비밀 지키는 거다?"

엄크가 주먹 쥔 손을 내밀었다. 요셉슈타인과 나도 주먹을 내밀어 툭 부딪쳤다. 나는 엄크가 무사조 하드캐리와 몰래 공유한 정보를 더 알아내고 싶었지만 참았다.

"잠깐."

요셉슈타인이 쉿, 하고 손가락을 입술에 대었다. 누군가가 이쪽으로 오고 있었다.

"한 시간마다 순찰을 도는 사람이 있어."

엄크가 속삭였다. 입에서 달콤한 냄새가 났다.

"왜 그걸 이제야 말해?"

"너희가 다짜고짜 추궁하니까 잊고 있었지."

"고깔들은 저녁에 검은 차 타고 나가던데, 그럼 누가 남아 있는 거지?"

"그건 모르겠어."

"앗."

요셉슈타인이 벽에 몸을 기대어 숨으려다가 그만 엄크의 빈 캔들을 건드려 버렸다. 깡통이 찌그러지는 소리가 요란하게 들렸다. 계단을 올라오는 소리가 점점 빨라졌다.

"옥상으로!"

엄크가 먼저 일어나 계단으로 뛰어올랐다. 맨발이라서 발소리는 나지 않았다. 나도 엄크를 따라 올라갔다. 뒤따라와야 할 요셉슈타인의 기척이 들리지 않아 돌아보니 창고 문을 열고 그 안으로 숨는 중이었다.

옥상 문은 열려 있어 =

엄크가 주머니를 뒤적이더니 울상을 지었다.

"열쇠를 자판기에 꽂아 놓고 왔어. 매일 밤 몰래 먹을 생각이었는데!"

"아까 실컷 먹었잖아."

"아무리 마셔도 속이 텅 비는 것 같아."

엄크가 입맛을 다시더니 꺼억, 또 트림을 했다.

"너 그러다 '별님 반' 된다."

별님 반 캐릭터는 머리를 양 갈래로 묶은 유치원생인데, 입에서 노란 거품 폭탄을 뿜어서 스턴*을 거는 렐크 게임의 캐릭터다. 효과음으로는 '꺼억~ 꺼어억' 소리가 나서 폭탄보다는 트림에 가깝게 느껴지지만.

"별님 반이 뭐야?"

엄크가 옥상 바닥에 드러누웠다.

"엄크 넌 그걸 몰라? 트림하는 꼬마 애 있잖아."

"아? 별님 반! 맞아. 걘 좀 유치하지."

엄크는 떨떠름하다는 듯 말했다.

본관을 순찰하는 정체 모를 사람이 돌아갔다는 확신이 들 때까지 우리는 그 자리에서 조금 더 버티기로 했다. 창고에 들어간 요셉슈타인은 길쭉한 팔다리를 어디에 구겨 넣고 있을지 궁금했지만 별수 없었다.

"와, 별 진짜 많다."

엄크가 별님 반 아이처럼 들뜬 목소리로 말했다. 나도 엄크 옆에 드러누웠다. 뜨거운 햇볕에 물기가 말라 버린 옥상 바닥에 등을 대자 적당히 달궈진 온도에 기분이 좋아졌다.

나는 입을 떡 벌렸다.

"우와!"

새까만 하늘에 설탕 같은 별들이 박혀 몸부림치듯 반짝이는

---

* 현실이나 게임에서 물리적인 충격으로 일정 시간 움직이지 못하는 상태.

것이 보였다. 태어나서 이렇게 많은 별을 한꺼번에 보는 건 처음이었다. 밤에 밖에 혼자 나와 밤하늘을 바라본 적이 없었기 때문이다. 내 얼굴을 비추는 건 언제나 모니터 불빛뿐이었다.
"우주선 탄 기분이네."
엄크가 중얼거렸다.
별들이 내 얼굴 위로 뛰어내릴 것만 같았다. 그러자 긴장이 풀리면서 이상하게 울컥한 마음이 올라왔다.

'아빠는 별이 가득 박힌 밤하늘을 덮고 자던 산속의 밤을 잊을 수가 없단다. 자연이 내게 말을 거는 것 같았어. 슬퍼하지 말라고, 나에게도 '좋은 때'라는 게 올 거라고.
철봉아, 아빠는 방랑하는 게 아니야. 아빠 바깥에서 오는 위로에 중독된 거지. 너도 언젠가 아빠를 이해하게 될 날이 올 거야. 오늘 아빠가 만든 노래는 이거야. 들어 봐. 〈바람이 말했다〉야.'

아빠가 내게 보낸 장문의 메시지가 떠올랐다. 아빠는 가끔 즉흥적으로 만든 노래를 녹음해서 보내 주었다. 녹음된 아빠의 노래 너머 개 짖는 소리나 바람 소리, 파도 소리에 귀를 기울이기도 했다. 어느 쪽이든 외계에서 보낸 것처럼 내가 이해할 수 없는 말을 품고 있었다. 나는 한 번도 답장하지 않았다. 그러면 방학 때 잠깐이라도 아빠가 나와 시간을 보내려고 집으로 돌아온다는 걸 알기 때문이다.

나는 왜 아빠가 밖으로만 다니는지 이해되지 않았다. 데이터와 컴퓨터가 없는 숲속이란 건 별이 가득하든, 새소리가 가득하든 내게는 지옥과 같았다. 엄마는 어른 하나의 몫을 좀 하라며 아빠를 혼냈다. 순수한 건 무능한 것과 같다고 했다. 그래도 아빠는 달라지지 않았다. 덥수룩하게 자란 머리도, 유행에 맞지 않는 옷차림도 그대로였다. 어느 날 엄마는 아빠가 아끼던 기타 줄을 잘라 버렸다.

그런 뒤 아빠도 우리를 툭 잘라 버렸다.

"밤하늘을 덮고 잔다는 게 이런 기분일까."

아빠는 이런 밤이 좋아서 집으로 돌아오지 않는 걸까. 알 것도 같고 모를 것도 같았다.

"뭐라고?"

엄크가 이쪽으로 고개를 돌리더니 되물었다. 아무것도 아냐, 하고 나는 한숨을 쉬었다. 집을 떠나 낯선 곳에서 한 번도 본 적 없는 것을 보고 있으니 속이 울렁거렸다.

그때 갑자기 퍽 소리와 함께 어깨에 통증이 느껴졌다. 아얏, 하고 어깨를 감싸려는 순간 다시 퍽, 퍽 주먹이 날아왔다.

"철봉아, 철봉아, 저기!"

엄크가 주먹으로 내 어깨를 쳤다.

"야, 아파."

"아니 저기 또 떨어진다, 어어어! 저기 보라고!"

나는 엄크가 호들갑을 떨며 손가락으로 가리키는 쪽을 보았다. 뭐가……라고 하는 순간 별똥별이 불씨처럼 반짝이다가 어둠 속으로 멀어졌다.

"어어?"

"여기 오기 전에 삼백 년 만에 유성우 쏟아지는 밤이 있는데 비 오면 못 볼 수도 있다고 뉴스에서 그랬던 거 같아. 그게 오늘인가 봐. 근데 너 소원 빌었냐?"

엄크가 마치 랩을 하듯이 말을 빠르게 쏟아냈다.

"소원 빌 시간이 어딨냐. 아파 죽겠어. 너 보기보다 주먹 세다?"

"아, 미안."

몸집이 작고 종잇장처럼 얇은 엄크에게 이런 불주먹이 숨어 있을 줄은 몰랐다. 엄크는 볼 때마다 다른 아이처럼 느껴졌다. 예리하고 차가운 아이 같다가도 능글맞고 약삭빠르다가, 별똥별 보고 소원 빌 만큼 순수한 것 같기도 했다.

"소원이 뭔데? 내가 동체 시력이 좀 되거든. 좀 이따 또 떨어지면 너 대신 잽싸게 빌어 줄게."

"소원?"

엄크의 말에 나는 말문이 막혔다. 나한테 소원이 뭐냐고 물어보는 아이는 여태 한 명도 없었다. 내가 바라는 게 뭔지, 내가 하고 싶은 게 뭔지, 어떤 미래로 나아갈 건지 단 한 사람도 물어봐 주지 않았다. 그래서 나도 내 스스로한테 안 물어본 지 오래되었다.

"나? 뭐, 당연히 다이아 다는 거지."

하지만 그 말을 뱉자마자 생각이 바뀌었다. 내가 진짜 원하는 건 마음이 통하는 좋은 친구를 갖는 것이다. 오래전부터 그걸 바랐다는 걸 갑자기 깨달았다.

"다이아 달면 그다음엔? 화이트 다이아 달고 마스터 찍고 그러고 나면? 더 도달할 곳이 없으면 뭐 할 거야?"

나는 엄크가 진지하게 묻는 게 우스웠다. 콜라를 잔뜩 마시고 취해 버린 걸까. 그런 건 다이아 달고 나서 생각해도 된다고 따지고 싶었다. 당장 거기까지 올라가는 것만 해도 내 인생을 다 써 버릴 것 같으니까.

"그럼 다른 게임 하면 되지 뭐가 걱정이냐."

"그런가."

엄크는 피식 웃더니 몸을 쭉 펴 기지개를 폈다. 왠지 다 우습다는 투였다.

"그럼 넌 소원이 뭔데?"

내 질문에 엄크는 콧김을 몇 번 뿜더니 입을 열었다.

"난, 우리 형을 이겨 보는 게 소원이었거든. 한 번도, 그 무엇으로도 형보다 앞서 본 적이 없어서 말이야. 엄마가 그랬는데, 나는 잉여래."

"잉여?"

"남아돌고, 쓸모없고 뭐 그런 거 말이야. 군더더기 같다는 얘기겠지."

엄크는 웃음기 섞인 말투로 아무렇지도 않게 그런 말을 했다.

나도야. 나도 그런 존재야. 입속에 그 말이 맴돌았다.

"군더더기라니, 네가 왜?"

나는 일부러 더 웃음기를 담아 물었다.

"뭐, 잘하는 게 없으니까 그랬겠지. 그래서 형을 한 번만 이겨 보는 게 소원이었어. 형이 죽었으면 좋겠다고 생각한 적도 있다니까."

별들이 반짝반짝 빛났다. 바람도 옥상 난간을 넘어와 우리의 머리카락을 흔들었다. 하품이 나면서 몸이 나른해졌다. 코코콜라 한 캔을 더 마시면 정신이 들 것 같았다. 엄크는 졸리지도 피곤하지도 않아 보였다.

"그럼 지금은 소원이 그게 아니야?"

"응, 형은 지금 엉망이거든."

나는 엄크의 말이 이어지기를 기다렸지만, 엄크는 더 할 말이 없는 것 같았다. 친하지도 않은 사이에 너무 많은 말을 나눈 것 같았다. 여기를 나가면 다시 만날 일 없는 사이여서 괜히 더 솔직해진 건지도 몰랐다.

"그런데 철봉이 너는 어쩌다 게임에 중독된 거야?"

엄크가 말을 돌렸다.

나는 어디서부터 시작해야 할지 막막해졌다. 하지만 엄크가 형 얘기를 했으니 나도 가족 얘기를 하는 게 공평할 것 같아서 어렵게 입을 열었다.

"그게 말이야……."

그때 엄크가 다시 호들갑을 떨며 내 어깨를 팡팡 치기 시작했다. 나는 어깨를 움츠리며 동시에 밤하늘을 보았다.

"철봉이 다이아!"

엄크가 잽싸게 소리쳤다.

"다이아! 다이아! 다이아!"

누가 들으면 어쩌려고 저러는지 엄크는 겁도 없이 목소리를 높였다. 조용히 하라고 내가 엄크의 어깨를 팡팡 쳤다. 그러다 우리는 웃음이 터졌다.

별똥별이 떨어지는 모습이 너무 쓸쓸하고도 아름다워서, 나는 진짜 내 소원이 뭐였는지도 모두 잊어버렸다.

새로운 셔틀의 시작

전학 온 첫날이 떠오른다.

나는 교탁 옆에 엉거주춤 서 있다. 교실 맨 끝에 앉아 있는 승진이와 우연이, 정현이가 눈에 띈다. 선생님 앞에서도 껄렁껄렁하게 몸을 흔들면서 자리에 앉아 있어 한눈에도 여기서 제일 잘나가는 애들인 게 분명해 보인다.

"자기소개 해 보자, 철봉아."

선생님의 다정한 목소리가 들린다.

"안녕하세요. 저는 이철봉입니다."

아무 반응이 없다. 조용하다. 어차피 흔하게 생긴 얼굴에 촌스러운 이름이라고 생각할 것이다.

"뭐 잘하는 거나, 친구들이 철봉이에 대해 관심을 가질 수 있을 만한 것도 같이 소개해 보는 게 어떻겠니."

내가 잘하는 거? 그런 건 없다. 공부도, 운동도, 노래도 평균이다. 365일 내내 '나는 자연인이다'를 외치며 여행 다니다가 이혼당한 아빠가 좀 특이하지만 그런 소개를 할 수도 없는 일이다. 여기서도 재미없는 학교생활을 하기는 싫고……. 그래, 어차피 나를 아는 애들도 한 명 없는데 거짓말을 좀 보태야겠다.

"저는 게임을 잘합니다. 지난 학교에서 롤크 순위로 전교 1등이었습니다. 특히 이순신 캐릭터로……."

"아니, 그런 거 말고 다른 건전한 취미 활동은 없을까?"

선생님이 당황한 듯 말을 끊었다.

"오직 성문만을 열 뿐입니다."

승진이네 무리가 파하하 웃는 소리가 들렸다. 남자애들이 조심스럽게 키득거렸다. 내가 한 말은, 롤크를 하는 사람만 알아듣는 말이다. 어깨가 으쓱해졌다. 첫날부터 친구들이 좀 생길 것 같은 느낌이 들었다.

역시 쉬는 시간이 되자마자 세 명이 내 책상을 둘러쌌다.

"저번 학교 롤크 원 톱이란 거, 진짜야?"

씨름부 아이처럼 몸집이 큰 승진이가 물었다. 툭 불거져 나온

뱃살이 걸을 때마다 출렁였다. 느릿한 행동이나 조곤조곤한 목소리에서 순한 성격이 묻어났다. 승진이 친구들인 곱슬머리 우연이와 판다처럼 눈 밑이 검은 정현이가 팔짱을 낀 채 나를 내려다보았다. 잘나가는 애들 같았다. 이런 애들이랑 친해져야 학교생활이 편하고 재미있을 것 같아서 나는 무리수를 뒀다.
"어. 진짜야. 완전 게임 천재라 불렸지. 프로 게이머 입단해도 될 실력이라고!"
나는 눈도 깜빡하지 않고 말했다. 곰돌이 푸처럼 후덕하고 순진하게 생긴 승진이가 반달같은 눈웃음을 지으며 서 있으니 거짓말이 절로 나왔다.
"주력 캐릭터가 뭐야?"
정현이가 물었다.
"당연히 이순신이지. 궁극기가 쩔잖아."
내가 아는 건 이순신 캐릭터밖에 없었다. 렐크 게임 광고에서 본 게 전부니까. 독수리 화살을 쏘며 멋지게 전진하는 이순신 장군의 늠름하고 카리스마 넘치는 모습과 거북선 스킨이 폼난다고 생각한 것까지가 끝이었다. 회원 가입도 해 본 적 없었다.
"승진이가 제일 좋아하는 캐릭터도 그거야!"
우연이가 책상을 탕탕 치며 이상할 만큼 큰 소리로 웃었다. 그 소리가 너무 커서 혹시 내 거짓말이 들켰나 싶어 움찔했지만 아니었다. 정현이까지 거들어 책상을 흔들며 소란을 피우는데도 주변 아이들은 꿈쩍도 하지 않았다. 다들 내 쪽은 쳐다보지도 않은 채 각자 할 일에 열중이었다.

"오늘 끝나고 피시방 가자."

승진이가 느릿느릿한 말투로 말했다. 친구 사귀는 게 이렇게 쉽다니. 그것도 한꺼번에 셋씩이나! 나는 속으로 즐거운 비명을 질렀다. 하지만 일부러 굳은 얼굴로 센 척했다.

"난 집에 있는 컴퓨터 사양이 더 좋아서, 굳이 피시방에서 돈 낭비 안 해. 게다가 우리 집이 좀 엄해서 학교 마치면 바로 집으로 가야 해."

게임을 할 돈도 없었지만 무엇보다 내 실력이 들킬까 봐 거절할 수밖에 없었다. 앞으로도 렐크에서 욕하다가 영구 정지를 먹었다거나 이제 흥미가 없어졌다고 하면서 렐크 근처에도 안 가면 그만일 거라고 생각했다. 함께 피시방에 가게 되면 내가 그나마 잘하는 게임인 자동차 경주 게임을 하면 되고.

내 생각이 토끼 꼬리보다 짧았다는 건 나중에 알았다. 어쨌든 그 순간에는 승진이가 환하게 웃으면서 손을 흔들어 주었다. 우연이와 정현이도 씨익 웃으면서 인사를 했다. 나는 의기양양했다. 투명 인간 이철봉의 흑역사는 다시 쓰일 것이다!

승진이가 2, 3학년 형들도 건드리지 않는, 만라 중학교 전체 일진이라는 걸 미리 알았다면 처음부터 거짓말을 하지 않았을 거다. 꿈속에서 나는 계속 전학 온 첫날로 돌아갔다. 안녕하세요. 이철봉입니다. 잘하는 취미 없을까? 저는 독서가 유일한 취미입니다. 저 멀리서 승진이가 큰 소리로 묻는다. 렐크는 어때?

잘해? 나는 순진무구하고 미안한 표정으로 대답한다. 렐크가 뭐야? 처음 듣는데…….

승진이는 매일매일 쉬는 시간마다 내게 와서 게임 이야기를 했다. 이순신이 궁극기 쓸 때 말야. 적 팀 무사조에서 타이푼 캐릭터가 태풍의 눈 궁극기를 쓰면 용이 뿜는 화력을 반으로 낮출 수 있지? 해골조에 드라큘라 캐릭터는 망토 아이템을 사는 개수에 제한이 없어? 가브리엘 캐릭터는 너무 방어력이 약하지 않냐? 등등. 그때마다 이런저런 핑계를 대며 딴소리를 하거나 쉬는 시간이 되자마자 화장실로 달려갔지만 금세 한계에 부딪혔다.

승진이가 내게 말을 걸 때는 우연이와 정현이 말고는 그 누구도 내게 다가오지 않았다. 마음에 좀 드는 여자애가 있었는데 한 번도 말을 걸어 볼 짬이 나지 않았다. 어쩌다 보니 급식도 승진이네 무리와 함께 먹게 되었다. 우리가 밥을 먹을 때는 주변의 어떤 아이도 수다를 떨지 않았다. 나는 다시, 고요한 사막에 뚝 떨어진 운석 조각이 된 기분이 들었다.

뭔가 이상하다고 생각했지만 그땐 이미 너무 늦었다.

"너, 부캐 좀 키워라."

전학 온 지 사흘이 지났을 때, 우연이가 내게 명령하듯이 말했다.

"뭐?"

"승진이 부캐 좀 키우라고. 아이디랑 비번 알려 줄 테니까. 그거 레벨 올려서 계정 팔면 돈 되는 거 알지?"

"내가 왜?"

내 질문에 우연이가 배를 잡고 웃었다. 나는 이유도 모르고 따라 웃는 척했다.

"너 아직도 승진이를 모르는구나?"

"뭘 몰라. 우린 친구지."

"친구?"

우연이가 검지에 침을 묻혀 그 손가락으로 내 이마를 찍더니 다시 입으로 가져가 맛을 봤다.

"퉤. 이 자식이 맛이 가고 있구만."

나는 어리둥절한 표정으로 이마에 묻은 침을 쓱 닦았다.

"렐크 이제 할 만큼 해서 좀 질리거든. 부캐 같은 건 취급하지 않고."

나는 아무것도 눈치를 못 채고 끝까지 센 척을 했다.

"전에도 말했지만 우리 집이 엄한 편이라. 피시방 갔다가 걸리면 집에서 쫓겨날지도 몰라."

나는 여전히 자동차 게임이 더 좋았다. 멋진 스포츠카를 타고 절벽을 뛰어넘고 펭귄을 피하고 빙하에 올라 바다 위를 질주하는. 내 또래 남자아이들은 유치해서 안 하는 게임이었다.

"너 할머니랑 둘이 살잖아."

우연이가 뱉은 말에 나는 자리에서 튕겨 나갈 뻔했다. 놀라는 표정을 감추지 못하자 정현이가 내 이마를 툭 밀며 웃어 댔다.

"그걸 어떻게······."

"김춘녀. 할머니 이름 맞지?"

우연이와 정현이 뒤로 거대한 그림자가 드리우듯, 승진이가 어슬렁어슬렁 걸어오더니 말했다. 두 아이의 어깨에 두툼한 손을 각각 올린 채였다. 바위 덩어리 같은 손으로 주먹을 쥐자, 내 눈에는 그게 심벌즈만 해 보였다. 우연이와 정현이의 어깨 한쪽씩이 지하로 꺼질 듯 내려갔다.

커다란 주먹이 내 심장을 쥐었다 놓았다 하는 것 같았다.

그날부터 지옥의 문이 열렸다.

우연이는 급식 시간에 내 밥에 물을 붓고 반찬을 섞어 못 먹게 만들었다. 선생님들의 눈을 피해 교묘하게 행동했다. 소시지나 돈가스 반찬은 승진이가 가져가서 먹었다. 정현이가 내 젓가락을 빼앗아서 숟가락만으로 쫄면을 먹기도 했다. 실내화 속에 돌멩이가 든 날은 그나마 편안한 하루에 속했다. 의자에 앉을 때마다 압정을 치워야 했으니까. 내가 맡은 청소 구역은 청소를 끝내자마자 쓰레기통이 엎어지거나 침 범벅이 되었지만 누구도 내 편에 서서 나를 보호해 주지 못했다.

결국 제안을 받아들였다. 승진이네 무리는 다시 다정해졌다.

나는 공식적인 '게임 셔틀'이 된 것이다.

그 이후로, 숙제를 할 시간도 줄여 가며 승진이의 아이디로 접속해 레벨을 올려 주어야 했다. 나는 게임을 잘하는 축에 들지는 않았다. 뭐든 보통 수준이라 게임이라고 크게 다를 리가 없는 것이다.

승진이는 저녁마다 전화를 걸어 게임을 잘하고 있는지 확인했다. 연속으로 지기라도 하면 다시 괴롭힘이 시작되었다.

"무슨 수를 써서든 이기라고. 알아들었어?"

승진이는 어떤 수를 써야 하는지 자세히 알려 주었다. 승진이의 닉네임은 '고고마스터렙'이었다. 나는 내가 어디까지 가야 이 족쇄가 풀릴지 알게 되었다.

매일 렐크의 전략을 공부하고, 게임 방송을 보고, 다른 게이머들이 분석해 놓은 자료를 읽었다. 아이템 종류를 파악한 뒤 다시 내 아이디로 전략을 시험해 보고, 승진이 아이디로 접속해 전투를 했다. 주말에는 하루에 11시간씩 게임을 했다. 억지로라도 하다 보니 실력이 늘었고 재미도 붙었다. 어차피 승진이네 무리 말고는 친구도 없고, 날 말려 줄 부모님도 없으니까 게임을 멈춰야 할 이유도 없는 셈이었다. 어느 순간부터는 꿈속에서도 게임을 하게 되었다.

도저히 내 힘으로는, 그만둘 수 없었다.

이제는 멈추고 싶지도 않아졌다.

수상한 교육

시청각실에 모였다. 멀찍이 앉은 엄크는 내게 눈길도 주지 않았다. 마치 함께 별똥별을 본 게 꿈속에서 일어난 일이라는 듯이. 엄크는 입술이 바짝 마르고 허연 피부가 더 창백하게 바래 있었다. 밤마다 또 복도를 쏘다니는 게 분명했다.

도대체 저 애는 뭘 찾으려고 하는 걸까.

"영상 교육을 집중해서 시청한 참가자한테는 코코콜라 한 캔을 제공한다."

고깔의 말이 떨어지자마자 엄크는 고개를 돌려 시청각실 맨 뒤에 있는 자판기를 바라보았다. 그냥 두면 침이라도 질질 흘릴 것만 같은 표정이었다. 이곳에 있는 자판기는 복도에 있는 것과 조금 달랐다. 우리가 미션 성공의 대가로 받은 카드로 먹을 수 있는 코코콜라는 흰색, 핑크색, 검은색이 다였다. 흰색이 제일 저렴하고 핑크색이 두 배, 검은색이 다섯 배 비쌌다. 그래서 우리는 영상 교육을 받는 날만 기다렸다.

"부처멘탈 형이 코코콜라 광고할 때가 기억나."

나는 자판기를 볼 때마다 내가 가장 사랑하는 프로 게이머 부처멘탈 형이 나오던 코코콜라 광고를 떠올렸다. 형이 캔을 단번에 따는 손짓이나 몸이 저리도록 시원해 보이던 표정을 생각하면 저절로 웃음이 났다. 내가 코코콜라를 마실 때마다 부처멘탈 형이 내게 빙의하는 것만 같았다. 하지만 어느 날부턴가 부처멘탈은 코코콜라 광고에서 자취를 감추었다.

시청각실에는 다른 자판기에 없는 색깔의 코코콜라가 있었다.

"보라색이라니! 도대체 무슨 맛일까?"

알거지가 입맛을 다셨다.

"환상의 맛이겠지."

"핑크색은 탄산도 두 배, 단맛도 두 배지. 검은색은 각각 다섯 배고. 그러니 보라색은……."

슬로맨이 맛을 상상했는지 몸을 부르르 떨었다.

"알거지, 너 침 흐른다."

내 말에 알거지가 쓥 하고 침을 들이마셨다.

하지만 나는 다른 것에도 눈이 돌아가 침을 흘릴 지경이었다. 그건 바로 시청각실에 놓인 커다란 멀티미디어 시스템이었다. 컴퓨터와 빔 프로젝터, 널찍한 화면의 벽걸이 티브이를 보자 천국에 온 것 같았다. 어떤 벌을 받아도 좋으니 저걸 모두 떼어다가 우리 조 방 안에 가져가고 싶었다. 누워서 밤새 게임 영상을 볼 수만 있다면 무슨 짓이라도 할 수 있었다.

"최신형 모니터야."

"이 폐교 같은 곳에 어울리지도 않게 사양이 좋은 것만 모아 놨어."

"영상 고프다, 고파. 지금은 수학 강의를 틀어 줘도 집중해서 볼 거 같아."

"코코콜라 하나만 마실 수 있다면!"

다들 한마디씩 던지며 발을 굴렀다. 나도 온몸에서 찌릿한 전기가 통하는 것 같았다.

고깔들은 〈게임 중독, 어떻게 하나요?〉라는 제목의 애니메이션 시리즈를 보여 주었다. 렐크 게임을 하는 아이의 영상이 뜨자 모두 환호를 질렀다. 자막에는 '게임 중독 중증, 14살 코코'라고 떴다. 부스스한 단발머리 여자아이가 먹다 만 컵라면 용기가 산처럼 쌓여 있는 책상 앞에 구부정하게 앉아 모니터를 켰다. 폐인처럼 멍한 눈동자에 렐크의 반짝이는 화면이 비쳤다. 코코의 목은 거북이처럼 길게 앞으로 튀어나와 기역자로 굽었다. 우리도 다들 화면 속으로 빨려 들어 갈 것처럼 몸을 앞으로 기울였다.

드라큘라와 가네샤가 지하 통로에서 전투를 벌이는 장면이 나왔다. 모두 숨소리도 내지 않고 집중했다. 드라큘라와 가네샤가 오래된 친구처럼 반가웠다. 드라큘라의 핏기 없는 피부와 치켜 뜬 검은 눈, 뾰족한 이도 아름다워 보였고 가네샤의 푸르스름한 피부와 퀭한데 묘하게 빛나는 눈과 덜렁거리는 긴 코도 신비스럽게 보였다. 평소 좋아하지 않는 캐릭터들인데도 언제나 사랑해 온 것처럼 그리움이 밀려왔다.

하지만 애니메이션의 주인공은 절대 중독된 아이일 리가 없었다. 드라큘라가 장착한 회색 망토 아이템은 가네샤의 코끼리 코에서 뿜어 나오는 푸른 즙이 닿자마자 증발되기 때문이다. 가네샤와 싸울 때는 황동 망토를 사야 한다. 중독될 정도로 게임을 많이 한 애가 그런 기본적인 실수를 할 리가 없다.

"말도 안 되지."

"회색 망토라니, 저런 아이템으로는 1분 컷으로 게임이 끝날 텐데."

"그러게 말이야. 게임하는 거 보니 중독될 실력이 아니던데?"

"내가 발로 해도 저것보다는 잘하겠다."

우리는 애니메이션을 보고 나서 주인공의 레벨이 어느 정도인지에 대해 신나게 대화를 했다. 지적하고 비난하고 비웃었다. 교육 자료를 만든 어른들이 얼마나 렐크에 대해 연구하지 않았는지 알 수 있었다. 무사조, 해골조, 천사조 캐릭터를 섞어 놓기도 했고 적수가 안 되는 아이템인데 서로 동등하게 배치해 놓기도 했다. 그럴 때마다 우리는 온갖 분노를 퍼부었다. 우리 앞에 컴퓨터 한 대만 있으면 모조리 뒤엎어 줄 수 있는데! 얼마나 말이 안 되는 영상인지 실력으로 보여 줄 수 있는데!

하지만 이곳의 유일한 마스터 레벨인 요셉슈타인만은 팔짱을 끼고 앉아 아무 말도 덧붙이지 않았다. 그저 조용히 화면을 노려보기만 했다.

"그럼, 이제 그만 볼까?"

고깔이 물으면 우리는 입을 모아 "한 편만 더요!" 하고 빌었다. 영상을 볼 수 있는 기회를 놓칠 수는 없었다. 화면이 꺼지고 다음 시리즈로 넘어가는 그 짧은 순간마저도 견딜 수 없이 지루하고 심심했다. 영상을 보는 동안은 누구도 졸지 않았다. 옆 사람과 잡담을 나누는 아이도 없었다. 영상에 나오는 모든 것을 눈에 담겠다는 듯이 집중, 또 집중했던 것이다.

애니메이션을 보는 동안 주인공이 게임을 하는 장면마다 콜라를 마시는 모습이 나왔다. 코코아를 탄산음료와 섞어서 만든, 잘 아는 맛의 코코콜라였는데도 왠지 영상 속에서는 더 맛있어 보였다. 콜라의 뚜껑을 뽁, 하고 따는 소리와 싸아아 — 하며 파도가 밀려오는 듯한 시원한 소리, 통통 튀는 신나는 음악이 같이 나왔다. 나는 이곳으로 올 때 마주쳤던 여러 대의 트럭을 떠올렸다. 그건 다 코코콜라를 실어 나르는 냉장 트럭들이었다. 그 안에 차곡차곡 쌓인 시원한 탄산을 생각하자 온몸의 세포가 팡팡팡 터질 것 같았다.

시청이 끝날 때마다 고깔모자들이 설문지 같은 걸 줬다. 거기엔 '코코콜라에 대해 들어 본 적이 있습니까?' '게임을 할 때 어떤 음료를 몇 회씩 먹습니까?' '동영상을 보는 동안 주인공이 코코콜라를 몇 번 먹었는지 기억납니까?' 같은 질문들이 있었다. 우리가 마지막 설문지에 체크하기를 끝내자 고깔들은 드디어 1회용 음료 카드를 주면서 "음료를 먹고 싶은 사람은 지금 먹어도 된다."라고 얘기했다.

모두 자판기로 달려가 버튼을 팍팍 눌렀다. 줄을 서지도 않고 서로 자기 카드를 먼저 찍으려고 난리였다.

"야, 비켜."

"너나 비켜."

"자판기 음료 다 떨어지는 거 아니겠지?"

"코코콜라! 내 코코콜라!"

"아 궁금해! 보라색 맛!"

좀비처럼 몰려드는 아이들 때문에 자판기가 기우뚱 흔들릴 정도였다.

피슉, 딱!

캔 따는 소리에 갑자기 모두의 시선이 한곳으로 쏠렸다. 1초, 2초, 3초…….

"우엑, 이게 뭐야."

맨 처음으로 보라색 캔을 딴 아이는 하드캐리였다. 그 아이는 보라색 코코콜라를 한 모금 마시더니 인상부터 썼다. 쓴 약을 먹은 것처럼 혀를 내밀더니 고개를 저었다.

"탄산이 없잖아."

하드캐리의 말에 "그럴 리가!" 하며 웅성거리던 아이들이 급하게 캔을 따는 소리가 들렸다. 나는 간절한 눈빛으로 아이들이 코코콜라를 마시는 모습을 바라보았다.

"속았어."

"코코콜라 맞아?"

"왜 톡 쏘는 맛이 없지?"

다들 실망스러운 모양이었다.

천사조 애들은 미션 상품 카드를 받지 못해서 이곳의 자판기를 이용해 보는 건 처음이었다. 그래서 편의점에서 먹던 맛과 보라색 코코콜라의 맛을 비교하며 자기들끼리 한바탕 토론을 벌였다. 엄크만 예외였다. 엄크는 시무룩한 표정으로 땅만 보고 있었다. 그 아이는 콜라를 얻기 위해서라면 어떤 스파이 짓이라도 앞장서서 할 것만 같았다.

"넌 안 마셔?"

나는 구석에 앉아만 있는 요셉슈타인에게 물었다. 그 아이는 작고 검은 눈으로 우리를 뚫어져라 바라보더니 손을 내밀어 천천히 저었다. 그러더니 고깔의 눈을 피해 카드를 내게 내밀었다.

"네가 두 개 먹어."

"고마워."

요셉슈타인은 한 번도 코코콜라를 먹은 적이 없었다. 덕분에 우리가 조금 더 먹게 된 건 좋았지만, 그 아이는 뭐든 제대로 먹는 법이 없는 것 같아서 걱정되기도 했다. 음식을 꽤 까다롭게 가리는 모양이었다.

드디어 내 순서가 되었다. 나는 카드를 찍고 통통 소리를 내며 떨어진 보라색 코코콜라 캔을 손에 쥐었다. 차갑고 매끄러운 감촉이 좋았다. 하지만 한 모금 삼킨 순간 나도 하드캐리처럼 인상을 썼다.

"뭐야, 이 맛은."

보라색 코코콜라에서는 아무 맛이 나지 않았다. 밍밍한 생수에 보라색 물감을 탄 것처럼 느껴졌다. 영상에서 본 것은 상쾌하게 탄산이 터지는, 한 모금만으로도 행복한 기분을 줄 것만 같은 코코콜라였는데 이건 아니었다. 하지만 끝까지 마셨다. 이거라도 먹어야 답답한 속이 좀 내려갈 것 같아서였다.

끝까지 마신 사람은 나뿐이었다.

다들 화가 머리끝까지 난 상태로 음료가 가득한 캔을 쓰레기통에 던져 넣었다. 바닥은 금세 튀어나온 코코콜라로 엉망이 되었다. 나는 요셉슈타인이 준 카드를 썩히기는 아까워서 한 캔을 더 뽑아 주머니에 몰래 넣었다.

"한 시간 쉬고 점심 먹으러 집합한다."

아이들이 투덜거리는 소리에는 아랑곳하지 않고 고깔들이 공지를 내렸다.

"티브이도 폰도 없는데 뭘 하고 놀라는 거야."

"시청각실에 계속 있으면 안 되나?"

다들 터덜터덜 풀이 죽어 시청각실을 빠져나갈 때 요셉슈타인이 우리 팀원들을 모았다.

"거기가 어딘지 알아."

요셉슈타인이 속삭였다.

"거기라니? 어디?"

슬로맨이 목소리를 높이자 복도를 걸어가던 엄크가 돌아보았다. 나는 슬로맨에게 조용히 하라는 수신호를 보냈다.

"그거 있는 곳 말이야."

요셉슈타인이 양 손가락으로 허공에 긴 선을 그으며 말했다.

"본체 찾았어?"

알거지가 눈을 동그랗게 떴다. 요셉슈타인이 웃으며 고개를 끄덕였다.

"어디고?"

카더라가 재촉했다. 우리는 요셉슈타인의 뒤를 따라 화장실을 가는 척하면서 몸을 돌렸다. 엄크와 내가 옥상으로 도망칠 때 요셉슈타인이 몸을 숨긴 그곳이었다. 입구에는 '창고'라는 지저분한 얼룩이 묻은 팻말이 있었다.

"조용히 들어와. 다른 팀 애들이 알면 뺏을지도 몰라."

요셉슈타인이 속삭였다.

"고깔들도 우리가 열쇠 찾은 건 모르지?"

"그들도 몰라. 이건 모두에게 비밀이야."

슬로맨의 말에 내가 재빨리 대답했다. 고깔들은 본체 열쇠를 대장 고깔 허락 없이 꺼내 놓았다는 것만으로도 뺨을 맞았다. 손잡이를 발견한 덕에 안심하고 있을 텐데 사실은 우리가 열쇠를 가지고 있다는 걸 알면 한바탕 난리가 날 게 뻔했다.

창고 안에는 청소 도구들이 어지럽게 널려 있었다. 썩은 내가 나는 대걸레와 구정물이 말라붙은 노란 페인트 통 몇 개, 길고 짧은 빗자루와 굴러다니는 먼지 뭉치가 보였다. 다리가 많이 달린 뭔가가 잽싸게 구석구석으로 사라졌다. 슬로맨이 헙, 하고 숨을 멈추었다. 여기서는 공기 한 모금도 마시지 않겠다는 의지를 담아 손바닥으로 입을 막았지만 금세 숨이 차는지 포기했다.

마지막으로 들어온 카더라가 사뿐하게 문을 닫았다. 다섯 명이 붙어 서 있으려니 순식간에 창고 안이 답답해졌다. 어둠 속에서 요셉슈타인이 손전등을 켰다. 녹슨 문짝이 떨어져 나간 캐비닛 두 개 사이에, 생뚱맞게 책상이 하나 있었고 그 위에는…….

"드디어 만났어!"

나는 눈물이 날 것 같았다.

책상 위에 백만 년은 떨어져 있었던 것만 같은 그리운 컴퓨터가 모습을 드러냈다. 키보드와 본체를 넣어 두는 곳이 따로 있는 평범한 구식 컴퓨터 책상 위에 모니터가 듬직하게 앉아 있었다. 선반처럼 생긴 것을 앞으로 당기자 키보드가 나왔다. 너도나도 손을 내밀어 자판을 마구 두드렸다. 나는 알트와 F7을 반복해서 눌렀다. 시커먼 모니터 화면에 당장이라도 이순신 장군이 등장할 것만 같았다.

"철봉이 니 열쇠 갖고 있나? 퍼뜩퍼뜩 돌리라. 뭐 하노."

어둠 속에서 들으니 카데라의 사투리가 더 올록볼록한 느낌이었다.

렐크에도 사투리를 쓰는 캐릭터가 있으면 재미있을 것 같다는 생각이 들었다. "와 죽이노?" "퍼뜩퍼뜩 움직이라 안 캤나!" "깃발 꽂으라 했데이." 이순신 장군은 서울에서 태어났지만 충남에서 많은 시간을 보냈으니까 "내 죽음을 적에게 알리지 마슈~"라고 외치면 어떨까. "그래유~" 하고 대답하게 될 것 같다.

얼른 본체를 열고 이순신 캐릭터로 전투에 나가고 싶다. 황금갑옷을 입고 독수리 화살과 드래곤 기술을 쓰고 싶다. 황금 갑옷 아이템을 사면 1분 동안 모든 공격으로부터 이순신을 방어할 수 있다. 독수리 화살은 딱 세 번 쏠 수 있는데, 시위를 당기면 평범하게 생긴 화살이 날아가다가 갑자기 독수리로 변한다. 엄청나게 날카롭고 긴 발톱으로 스파이 무사를 찾아낸 뒤 낚아채 하늘 멀리 날아간다.

이순신 캐릭터가 최후에 쓸 수 있는 궁극 기술이야말로 게임의 압권이다. 궁극기를 쓰려면 알트와 F7을 동시에 눌러야 한다. 이순신의 몸이 부풀어 오르면서 거대한 용으로 변하는 모습은 입이 떡 벌어지게 멋지다. 용이 날아오르면 주변이 온통 회오리치는 물바다로 변해서 적의 지하 통로를 잠기게 한다. 거세게 파도가 치는 소리, 화려하게 번쩍거리는 화면과 둥둥둥 북이 울리는 소리가 뒤섞여서 마치 내가 전쟁터의 한가운데 있는 기분이 든다. 얼른 컴퓨터를 켜고 이순신을 보고 싶다.

진짜 멋지게 한 판, 해 보고 싶다. 아아아!

"자, 이제."

요셉슈타인이 목소리를 깔았다. 모두 기도하는 자세를 취했다. 알거지만이 여전히 몸을 구석구석 긁고 손가락을 핥을 뿐이었다.

"열어 볼까?"

나는 주머니에서 드라이버를 꺼냈다. 카더라가 손전등을 빼앗다시피 해서 들더니 본체의 열쇠 구멍을 비추었다. 어디선가 두구두구두구, 하고 북을 울리는 소리가 들리는 것만 같았다.

"정말 이게 열쇠가 맞을까?"

"넣어 보면 알겠지."

드라이버의 앞쪽 끝을 열쇠 구멍에 넣자 모양이 딱 맞았다. 순간, 그냥 여기서 멈춰 버리고 싶은 생각이 들었다. 어둠 속에서도 모두의 간절한 눈빛이 느껴졌다. 본체를 넣어 둔 수납장의 문이 열리지 않으면 모든 게 다 내 탓일 것만 같았다.

"어서 해."

슬로맨이 부추겼다.

눈을 딱 감고 오른쪽으로 드라이버를 돌렸다.

딸깍.

문이 열렸다.

"오!"

"오오!"

아이들이 나를 둘러싸고 환호하면서 내 어깨를 두드렸다. 웃음소리가 풍선에서 바람 빠지듯 피시식 흘러나왔는데 그 소리가 너무 웃겨서 모두 배를 움켜잡아야 했다. 좋아서 서로 등이며 어깨를 치는 바람에 멍이 들 것 같았지만 상관없었다.

동그란 버튼을 누르자 파란 불이 들어왔다. 띡, 소리를 내며 모니터가 켜지는 소리도 났다. 이어서 팬이 돌아가는 소리, 모니터에서 나는 지이잉 소리가 들리면서 윈도 화면이 나왔다. 모두의 얼굴에 모니터의 화사하고 따뜻한 빛이 번졌다. 빠른 부팅 속도로 봐서 컴퓨터의 성능도 나쁘지 않아 보였다.

그런데 갑자기 벽에 있던 뭔가에 팟, 하고 빨간 불이 들어왔다.

50:00

숫자였다.

49:59

49:58

49:57

시간이 지날수록 벽시계처럼 생긴 판에 적힌 숫자가 달라졌다. 마치 시한폭탄처럼 시간이 줄어들고 있었다.

"설마."

모두가 깨달았다. 우리에게 주어진 50분의 시간이 흘러가고 있었다. 급히 본체의 버튼을 눌러 컴퓨터를 꺼 보았다. 그러자 숫자도 멈췄다.

"이게 뭐야."

슬로맨이 실망한 듯 말했다. 열쇠만 있으면 계속 몰래 할 수 있을 줄 알았는데 그게 아니었다.

"짠돌이 고깔들."

카더라가 투덜거렸다.

"게임은 할 수 없을 것 같아. 렉크 정도의 용량은 다운로드하고 설치하는 데만 20분 이상 걸리잖아."

요셉슈타인이 말했다. 몇 초 만에 그걸 파악하다니, 역시 마스터 렙은 다르다. 렉크는 워낙 액션이 화려해서 웬만한 사양의 컴퓨터에는 깔리지도 않는다. 렉크를 하기 위해 컴퓨터를 새로 사는 애들이 있을 정도다. 게다가 온라인 게임이기 때문에 자기 수

준에 맞는 팀원과 연결될 때까지 기다리는 데에도 시간이 걸린다. 상대 팀 애들까지 총 여섯 명이 온라인 대기실에 모여야 하는데 애들이 게임을 많이 하지 않는 시간에는 비슷한 레벨끼리 모이기가 더 힘들다.

또, 세 종족 중에서 각각 자기가 선호하는 종족을 하나씩 골라야 하는데 같은 팀의 다른 애가 똑같은 종족을 선택하면 서로 양보하고 조정하는 데 시간이 걸린다. 거기에 다시 각 종족마다 스무 개나 되는 캐릭터가 있어서 그걸 고르고, 기본 아이템을 장착하는 데도 시간이 걸린다. '렐크는 발암 게임'이라는 우스갯소리가 나오는 이유가 이것 때문이다.

막상 게임을 시작해도 '엄크'를 당하면 힘들게 모인 것이 무용지물이 된다. 게임 이용자들이 가장 무서워하는 게 바로 그 엄크다. 엄크는 몰래 게임을 하는 동안 부모님이 갑자기 방문을 열어서 잔소리 폭격을 할 때 이용자가 급히 컴퓨터를 끄고 사라지는 것을 뜻한다.

그러면 그 캐릭터는 돌부처가 되어, 공격도 방어도 소용없는 존재가 된다. 우리는 그걸 '탈주'라고 한다. 엄크를 당해서 탈주한 애가 있으면 그 게임은 이길 수 없는 승부가 된다. 성문을 열어 깃발을 꽂는 것이 불가능해지기 때문이다. 탈주를 한 아이디는 신고를 당하면 한 달씩 이용 정지가 되는데다 레벨을 올리는 조건이 더 까다로워진다. 게임을 끝까지 못 할 거면 아예 시작도 하지 않는 게 좋다. 이곳 수련원에서 누구에게 엄크를 당할지 알 수 없다. 시간제한이 있는 한 탈주 역시 피할 수 없을 것이다.

이런 이유로 우리는 금쪽 같은 50분을 렐크에 쓸 수 없겠다는 결론을 내렸다.

"아, 속상하다."

슬로맨이 말했다.

"하지만 숨통이 트이는 거 같아."

내 말에 모두 그건 그렇지, 하고 맞장구쳤다. 금단 현상처럼 렐크 게임을 생각할 때마다 몸이 떨릴 정도로 흥분되고 초조해지고 짜증이 나기까지 했는데, 본체가 여기 있다는 걸 아는 순간 마음이 약간 차분해졌다. 비록 렐크 게임은 못 하더라도 게임 동영상은 볼 수 있을 것이다. 나는 그것만으로도 만족했다.

카더라는 인증 번호를 받을 수 있는 휴대폰이 압수되었으니 SNS를 깔지 못하는 걸 아쉬워했다. 나는 평소에도 그런 건 안 해서 상관없었다. 맞팔할 친구도 없으니까.

"각자 10분씩 쓰면 되겠어. 순서 정하자."

슬로맨의 말에 모두 가위바위보를 했고, 알거지, 카더라, 슬로맨, 나, 요셉슈타인 순서대로 원하는 시간에 쓰는 걸로 정했다. 그리고 누가 하든 나머지 네 명이 함께 있어도 좋다는 조건을 달았다. 그러면 10분씩 쓰더라도 함께 50분을 다 누리는 기분이 들 것 같아서였다. 10분을 다 쓰고 나면 다음 순서인 사람 베개 밑에 열쇠를 숨겨두기로 했다.

"그럼, 내가 먼저 쓸게."

알거지가 본체 버튼을 다시 눌렀다. 벽에 걸린 폭탄 같은 시계의 숫자가 줄어드는 걸 확인하랴, 모니터 화면 바뀌는 걸 보랴, 열 개의 눈동자가 쉴 새 없이 움직이고 있었다. 우리 모두 기대하는 마음으로 두 손을 가슴 앞에 모아 잡은 채 알거지의 마우스가 무엇을 클릭하는지 지켜보았다. 대망의 스타트였다.

하지만 알거지는…….

"내가 제일 좋아하는 아저씨야."

알거지는 음악 영상을 틀었다. 들킬까 봐 소리를 최대한 줄였지만 쓸쓸하고 우울한 듯한 분위기의 가사가 창고를 가득 채우는 것만 같았다. 화면에는 기타를 치는 수수한 외모의 남자가 있었다. 아주 오래된 시절의 영상 같았다.

"이 사람이 누군데?"

슬로맨이 시계를 흘깃흘깃 보며 초조한 목소리로 말했다. 노래 따위에 10분을 쓴다는 걸 믿을 수 없었다.

"이 소중한 시간을 음악 듣기에 쓴다고? 진심이야?"

"니는 진짜 특이하다 아이가."

"렐크 커뮤니티 들어가서 이번 스킨 뭐 나왔는지 좀 보면 안 돼?"

"노래는 우리가 불러 줄게, 응?"

우리는 한마디씩 콕콕 찔렀지만 알거지는 꿈쩍도 하지 않았다. 마치 음악만이 자신을 구원한다는 듯 비장한 표정으로 우리를 보더니 다시 모니터로 눈길을 돌렸다.

"김광석이라는 가수야. 우리 엄마가 정말 좋아했던 가수."
 알거지는 '좋아하는'이라고 말하지 않고 '좋아했던'이라고 말했다. 우리는 그 과거형 하나 때문에 잔소리를 멈추고 잠자코 기다렸다. 〈사랑했지만〉을 1절만 듣고 나서 〈흐린 가을 하늘에 편지를 써〉를 틀었다가 〈잊어야 한다는 마음으로〉를 이어서 들었다. 이 노래는 2절까지 다 들었다. 잊어야 한다는 마음이란 게 뭘까. 담담한 목소리가 어두운 창고 벽을 타고 흘러내리는 것 같았다.
 "노래 어때? 가슴을 후벼 파는 거 같지?"
 알거지는 귀를 후벼 파면서 말했다.
 나는 우리 엄마가 좋아했던 노래가 뭘까 기억을 떠올려 봤다. 하지만 아무것도 기억나지 않아서 슬퍼졌다.
 "마지막 노래 좋다."
 슬로맨이 촉촉해진 눈을 빛내며 말했다.
 "사람 목소리가 이렇게 슬플 수 있구나."
 요셉슈타인도 김광석이라는 아저씨 노래에 빠져든 것 같았다. 카더라는 이미 두 눈을 감고 즐기고 있었다.
 나도 왠지 노래를 듣는 동안 눈물이 날 것 같았다. 혼자 화투를 치고 있을 할머니도 보고 싶고 지금도 어느 숲속에서 캠핑하며 기타를 칠 아빠도 보고 싶었다. 노래에는 그런 힘이 있나 보다. 잃어버린 마음 같은 걸 되찾는 능력. 아빠도 사라진 뭔가를 찾아 이렇게 헤매는 걸까. 그럼 아빠 마음속에서 증발해 버린 건 뭐였을까.

우리는 울적해진 기분으로 방으로 돌아왔다. 다른 조 아이들이 우리를 보았다면 서른 판째 승리하기 직전인 랭크 전에서 정전이라도 당한 줄 알았을 것이다.

"우리, 파티하자. 축하 파티."

"웬 파티?"

"짜잔!"

요셉슈타인이 주머니에서 흰색 코코콜라 한 캔을 꺼내며 말했다. 그러자 순식간에 분위기가 달라졌다.

"어? 그건 어디서 났어?"

"우리 카드 0원 아니가?"

"하드캐리랑 협상을 좀 했지."

요셉슈타인이 검정콩 같은 눈을 반달로 만들며 웃었다.

"무사조 하드캐리?"

"응."

"걔랑 무슨 협상을 했는데?"

"캠프 끝나고 나가면, 하드캐리랑 사진 한 장 찍어서 걔 SNS에 올리는 거 허락해 줬어. 해시태그로 '마스터 나요셉' 다는 조건으로."

"와, 대단하다."

"그런 걸로 콜라를 벌어 온다고? 걔가 너랑 사진을 왜 찍어?"

알거지만 이 상황을 이해하지 못했다. 렐크 게임의 '리을'자도 모르는 아이라서 나요셉의 명성을 들어 본 적도 없는 것이다. 요셉슈타인이 지나갈 때마다 아이들이 우러러보면, "너 키 큰 거 다들 부러운가 봐." 하고 말할 뿐이었다.

"그카믄 니가 함 벌어 온나."

카더라가 쏘아붙이자 알거지가 입을 다물었다. 하지만 금세 웃음이 피식피식 흘러나왔다.

그 순간은 요셉슈타인이 연예인처럼 보였다. 사진 한 장에 태그 한 줄 올리는 걸로 코코콜라를 얻어 오다니. 코코콜라가 마치 밀수품처럼 거래에 이용된다는 것도 처음 알았다. 여기에서는 모두 공평하게 빈손이니까 가능한 거래였다.

사실 첫날부터 다들 요셉슈타인과 친해지려고 안달을 했다. 그건 우리 팀도 마찬가지였다. 내심 이런 대단한 아이와 한방을 쓴다는 것 자체에 내 어깨가 다 으쓱 올라갔다. 요셉슈타인한테 사인을 받으려고 우리 방을 찾아오는 아이도 있었다. 하지만 요셉슈타인이 워낙 말수가 적고 언제나 팔짱을 낀 채 모두를 관찰하듯이 지켜보는 탓에 '철벽남' '얼음요셉'으로 불리는 중이었다.

"나도 사진 찍고 콜라 벌고 싶다. 그냥 셀카 찍어 주면 되는 거지?"

알거지의 말에 모두 어이가 없다는 표정을 지었다.

나는 손을 뻗어 눈치를 상실한 알거지의 팔뚝을 살짝 꼬집었다. 손에 기름 같은 것이 묻었다. 농사 게임이 끝난 뒤에도 안 씻은 사람은 알거지뿐이라는 게 생각났다. 나는 손을 바지에 쓱쓱 닦았다.

"근데 넌 코코콜라 먹지도 않잖아. 먹지도 않는 걸 우리를 위해 챙겨 온 거야?"

슬로맨이 감격한 눈으로 요셉슈타인을 올려다보았다.

"렐크는 팀플이잖아."

"역시 리더는 아무나 하는 게 아니야."

"우리, 이거 타서 먹어 볼까?"

나는 주머니에 숨겨 둔 보라색 코코콜라를 꺼냈다. 요셉슈타인이 양보한 카드로 산 그 음료였다.

"이거 탄산은 없는데 뭔가 힘이 더 나는 거 같거든."

시청각실에서 이걸 마신 후 에너지 부스터 음료를 먹은 듯 자꾸 눈에 힘이 들어가고 몸이 뜨거워졌다. 기분이 좋았다가도 손안에서 뭔가를 구기고 싶고 복도를 뛰어다니고 싶었다. 하지만 그 들뜸이 오래가지는 않았다.

흰색 코코콜라와 이것을 섞어 먹으면 부드러우면서 톡톡 쏘는 맛이 조화가 되어 맛있을 것 같다는 생각이 들었다.

"그거 괜찮은 생각인데."

우리는 텀블러에 두 가지를 섞어 흔든 뒤 어른들처럼 건배를 하고 원샷을 했다.

"오, 눈이 핑핑 돌아가는 것 같아!"

"여기에 커피랑 초코우유도 섞어 먹으면 맛있겠다."

"그럼 24시간 게임할 수 있다 아이가!"

카더라는 갑자기 방 중앙에 있는 공용 테이블을 구석으로 밀더니 그 자리에 곧은 자세로 섰다. 두 팔을 쭉 뻗어 위로 올리더니 왼쪽 발을 그 뻗은 손끝까지 치켜올렸다. 우리 넷은 모두 바닥에 앉아 카더라를 지켜보기만 했다. 카더라는 조금의 흔들림도 없이, 올렸던 발을 천천히 내려 바닥과 수평으로 뻗고는 발꿈치를 들었다. 긴 팔다리가 무척 우아하게 보였다. 발레 오르골 속의 나무 인형을 보는 것 같았다.

"축하 공연을 시작합니다."

카더라가 렉크 오프닝 안내 멘트를 따라하더니 오른발을 축으로 삼아 팽이처럼 휙 돌기 시작했다.

"우와아아아."

휙 돌고 또 돌았다.

"미쳤다!"

입을 다물 수가 없었다.

"카더라 정체가 뭐냐!"

방이 빙글빙글 도는 것만 같았다.

카더라는 한참을 그 자세 그대로 회전을 한 뒤에 한 팔은 쭉 뻗고 다른 팔은 가슴에 올린 채 허리를 굽혀 피날레 인사를 했다. 힘 하나 안 들이고 가볍게 움직인 것 같은데도 카더라의 얼굴은 땀투성이였다. 하지만 카더라는 힘든 내색도 없이 매너 좋게 웃으며 '축하 공연'을 성공리에 끝냈다.

우리는 앙코르를 외치며 실컷 즐겼다. 이렇게 신나게 노는 팀은 우리뿐이었다. 무사조 방에서는 싸우는 소리가 났고, 천사조 반에서는 아무도 입을 열지 않는 것 같았다. 웃음소리는 우리 방에서만 새어 나갔다. 또래 아이들과 낄낄대며 놀아 본 기억이 너무 까마득했던 나는 이 순간이 영원하면 좋겠다는 생각이 들었다.

모두 히죽히죽 웃으며 뿌듯한 마음으로 방바닥에 누웠지만 몸이 피곤한데도 머리는 카더라의 다리처럼 팽팽 돌아가는 것 같았다. 방이 푹푹 꺼지고 천장이 울렁거렸다. 아무리 애써도 잠이 들지 않았다.

금세 다시 코코콜라가 생각났다. 마법에 걸린 듯 왠지 콜라가 너무 먹고 싶어졌다. 입안에서 자그마한 불꽃놀이를 하는 것처럼 톡톡톡 터지는 탄산을 빨리 느껴 보고 싶었다. 목구멍을 간질이며 넘어가는 달콤한 코코콜라를 먹는 동안에는 게임을 할 때처럼 기분이 좋아졌다.

이제는 뽁. 소리만 들어도 콜라 생각이 먼저 났다. 흰색 코코콜라도 시시하게 느껴졌다. 그건 우유처럼 순한 맛에 불과할 뿐이었다. 핑크색, 검은색 코코콜라에 보라색을 섞으면 어떤 맛이 날까 궁금해서 견딜 수 없었다.

마법의 음료라도 되는 듯이, 우리가 원하는 건 오로지 좀 더 센 맛의 코코콜라밖에 없는 것 같았다.

하지만 카드에 든 잔액이 0원이었기 때문에, 다음 교육 시간을 기다릴 수밖에 없었다.

"우리 다음 미션도 꼭 성공하자."

"반드시!"

"무조건 아이가!"

속이 다시 세찬 파도 위의 조각배처럼 울렁거렸다.

나는 이렇게 멋진 팀에 소속된 것이 눈물겹도록 좋아서, 감격해서 속이 울렁거리는 거라 믿어 버렸다.

나는 카더라다

기억나는 마지막 순간에는, 내가 날고 있었다. 마치 발레에서 그랑쥬떼*를 하는 기분이었다. 전봇대마다 팽팽한 전깃줄이 하늘에 좌좍 줄을 긋고 있었다.

뭔가 허전하고 간지러운 느낌. 갑자기 까매진 하늘. 그게 전부였다.

눈을 떴을 때 나는 바닷가에서 장난을 칠 때 하듯이 몸의 반을 모래 속에 묻어 놓은 줄 알았다. 허리에 힘을 주어도 다리가 움직이지 않았다. 두 다리에 모두 석고로 깁스를 해 놓았기 때문이었다.

내일 하기로 한 어린이 현대 무용 공연은? 나는 벌떡 일어났……

---

* 동작에서 두 다리를 일자로 펼치며 뛰어오르는 것.

다고 생각했지만 팔로 겨우 상반신을 일으켰을 뿐이었다. 엄마! 엄마! 소리를 지르자 엄마가 헐레벌떡 뛰어왔다. 엄마는 내 얼굴에 볼을 부비며 감사하다고 계속 중얼거렸다.

"다리 와 이카는데?"

"다리는 괘안타. 니가 무사하기 중요하다."

"뭐라 카는데? 내일 공연 있다 아이가!"

"묘석아, 잘 들으래이."

"뭘 말이고?"

공연은 사흘 전에 끝났다고 했다. 그럴 리가. 내가 마지막 연습을 마치고 무용 영재원에서 나온 게 토요일인데. 내일 아침 일찍 공연장에 가서 리허설을 하기로 했는데. 만화도 아니고 어떻게 잠깐 눈을 감았다 떴는데 수요일이냐고.

하루하루가 눈 깜짝할 새 지나간 건 그때뿐이었다. 그 뒤로는 반년이 나무늘보처럼 지나갔다. 열세 살에 기저귀를 다시 찼다. 울퉁불퉁 못난 발가락에 새살이 돋았다. 늘 나자마자 빠지곤 했던 엄지발톱도 분홍빛으로 자랐다. 하지만 그런 건 조금도 기쁘지 않았다.

무릎에 박은 철심을 제거하고 재활 치료를 받는 동안 엄마는 무용의 '미음'도 꺼내지 못하게 했다. 어린이 무용 영재단의 친구들이 면회를 오는 것도 막았다.

나는 다시 무용을 할 수 없을 거라는 걸 몸으로 알았다. 세 살 때 발레를 배우기 시작해 현대 무용을 익히기까지, 정말 뼈를 깎는 노력을 다했다. 경상도 남자가 무슨 무용이냐며 할아버지, 할머니가 반대해도, 무용복이 너무 몸에 딱 달라붙는다고 친구들이 놀려도, 나는 춤을 추는 게 좋았다. 내가 좋으면 그만이었다.

내 몸으로 우아한 선을 만들고, 그 선을 가지고 노는 게 행복했다. 발레 학원에서도, 무용 영재원에서도, 나는 유일한 남자아이였다. 나는 발끝과 손끝에 힘을 모을 줄 알았고, 어깨선과 허벅지 선을 생각하면서 점프할 줄 아는 애였다. 선생님들은 내가 한국을 이끌어 갈 천재적인 무용수가 될 것이라고 기대했다. 신문에도 내 기사가 여러 번 실렸다.

'한국의 무용계를 책임질 천재 유망주, 피묘석!'

이렇게 쓸모없는 몸이 되어 버릴 줄 몰랐다. 오랫동안 몸을 써 온 사람은 누가 설명해 주지 않아도 자연스럽게 알게 된다. 사뿐하게 날아오르고 힘 있게 착지하고 우아하게 멈춰 있는 것이 안 될 거라는 걸. 아니, 다시 피나게 연습하면 가능성은 있었다. 하지만 내가 다시 예전의 실력을 쌓을 때쯤에는 이미 나는 천재도, 영재도 아닐 거였다. 주인공이 될 수 없는 무대에 서려고 지금까지 희생해 온 게 아니었다.

예술 중학교 누나들마저 구경하러 오던 내 연습 시간, 발가락 사이에 생고기를 붙이고 춤을 추던, 연습 벌레인 나는 그날 이후 사라졌다.

게임을 알게 된 건 다른 병실에 있던 중2 형 때문이었다. 그 형도 교통사고로 다리를 심하게 다쳐 입원했는데 휠체어를 타게 되면서부터는 휴게실에서 노트북을 갖고 놀았다. 할아버지 말고는 찾아오는 가족도 없었다.

"축구 선수가 될라 캤는데."

형은 노트북이 전 재산이고 렐크만이 유일한 친구라고 했다. 나는 그 형이 하는 게임을 물끄러미 구경하면서 시간을 보냈다. 캐릭터들이 자유롭게 날아오르고 힘을 키우고 나쁜 놈을 부수는 것을 보고 있으면 시간이 잘 갔다.

"형아, 나도 좀 갈쳐 주면 안 되나?"

"치아라. 얼라들 하는 게임 아이다."

며칠 뒤에 나는 형보다 더 좋은 노트북을 갖고 휠체어를 탄 채 옆에 자리 잡았다. 울고불고하던 내가 드디어 뭔가에 취미를 갖나 보다 싶었던 아빠가 생일 선물로 사양 좋은 노트북을 사 준 것이다.

그렇게 렐크를 시작했다.

병원에서 할 일이라고는 게임밖에 없었다. 형은 내가 게임을 배우는 속도에 놀랐다. 집중력과 순발력 하나는 원래부터 강했기 때문에 순식간에 레벨을 올렸고 형을 따라잡았다. 무용 말고도 재미있는 게 있다는 걸 그때 처음 알았다. 세상에 이렇게 재미있는 세계가 있는데 나만 몰랐던 거였다. 근육을 다칠까 봐 축구도 농구도 해 본 적이 없었고 자세 나빠질까 봐 남들 다 하는 게임 한번 한 적이 없던 내게, 신세계가 열린 것이다.

다시 학교에 가게 되자, 엄크니 피딸이니 만렙이니 하는 말이 입에서 술술 나왔다. 평소 나를 놀리기만 했던 남자애들과 순식간에 친해졌다. 가끔 예술 중학교 교복을 입은 누나나 형들이 길에서 나를 알아보고 인사했지만 나는 모른 척했다. 어차피 내가 다시 갈 수 없는 세계였다. 내 몸은 레벨 업이 되지 않았다. 부활도 할 수 없었다. 그 어디에도 메딕은 없었다.

오직 렐크의 세계 안에서만 나는 날고뛰고 인정받았다.

어쩌다 여기에 왔을까

카더라는 국립발레단 홈페이지에 가서 우리가 알 수 없는 낯선 용어들로 가득한 발레리노 유망주 인터뷰만 읽었다. 카더라처럼 몸이 곧고 우아한 발레 단원들은 멋있었지만 카더라의 공연을 눈앞에서 본 것만큼 가슴 뛰지는 않았다. 우리는 10분 내내 하품만 했다. 차라리 김광석 노래를 다시 듣는 게 나을 것 같았다.

그다음으로는 슬로맨이 사용했다. 슬로맨은 다섯 개의 창을 동시에 띄워 놓고 눈이 열 개라도 되는 듯이 한꺼번에 보았다. 행동과 말은 굼뜬데 컴퓨터 앞에서는 딴사람이 되었다.

우리가 원하는 게 바로 그거였다. 화면 중 하나는 렐크 게임을 해설해 주는 동영상 사이트였다. '토끼몰이'와 '부처멘탈'이라는 아이디를 쓰는 두 사람이 붙은 렐크 챔피언 결승전의 인기 장면이 나왔다. 그 경기는 아이템부터 와드핑을 박은 곳까지 모든 요소를 내가 외우고 있는데도 언제 봐도 새롭고 멋있었다.

인기 프로 게이머이자 내가 가장 좋아하는 게이머인 부처멘탈은 나처럼 이순신 캐릭터를 주로 썼다. 같은 캐릭터를 쓰는데도, 게임을 이끌어 가는 방식은 완전히 달라서 볼 때마다 입이 쩍 벌어졌다. 부처멘탈이 패하기 직전에 용 궁극기를 쓰면서 역전할 때는 나도 모르게 매번 소리를 질렀다. 나는 언제쯤 저런 경지에 오를 수 있을까.

"부처멘탈 요즘 왜 안 보여?"

슬로맨이 물었다. 다른 화면으로는 부처멘탈 근황을 검색하는 중이었다. 팬 사이트에 들어가도 온통 추측하는 말뿐이었다. 중국 납치설, 국정원 화이트 해커 취직설, 토끼몰이의 복수설에 교도소에 갔을 거라는 이야기까지 다양했다.

"올해 리그에 한 번도 참여 안 했어."

내가 말했다.

"어디 아픈 거 아닐까?"

"부처멘탈은 아파도 리그 나왔잖아. 링거 투혼 하면서."

"맞아. 그 형한테는 언제나 게임이 0순위였어. 어머니 돌아가시던 날도 챔피언전 최종 결승 뛰느라 대만 가 있었댔지. 그래서 어머니 마지막을 못 지켰다고 울면서 인터뷰한 거 본 적 있어."

슬로맨도 부처멘탈에 대해 많은 걸 알고 있었다. 부처멘탈의 어머니는 위중한 상태였지만 그 형은 월드 리그에 대한민국 대표로 출전하느라 어머니 곁을 지키지 못했다. 세계 랭킹 1위를 달성한 날이 엄마가 돌아가신 날이라니, 운명은 참 잔인하다는 생각이 들었다.

"이렇게 잠적하는 건 확실히 부처멘탈답지 않아."

슬로맨이 재빠르게 더 검색해 보았지만 새로운 뉴스는 없었다. 슬로맨에게 할당된 10분도 금세 지나가 버렸다.

슬로맨이 사용한 10분 동안 실컷 본 게임 영상 때문에 우리는 몸이 근질거려서 도저히 참을 수 없었다. 밥을 먹은 뒤 자유 시간이 되자마자 우리 조는 그림을 그리며 놀기로 했다. 교육 자료로 나누어 준 종이의 뒷면에 렉크 캐릭터를 그렸다. 천사, 무사, 해골 종족 각각의 캐릭터가 20개씩이어서, 총 60개를 모두 그리는 데 한참 걸렸다.

방바닥에는 매직으로 렉크의 배경을 그렸다. 하늘, 지상, 지하의 특징을 꼼꼼히 기억해서 그렸다. 몸을 숨길 수 있는 수풀과 지하 세계로 통하는 우물, 하늘에 떠 있는 세모 모양의 구름을 그렸다. 곳곳에 갑자기 등장해서 싸움을 붙여 에너지를 빨아들이는 꼬마 도깨비들을 넣고 양쪽 끝에는 성을 커다랗게 그린 뒤 클로버 모양의 구멍이 달린 성문을 그리고 나자 기본 맵이 완성되었다. 오전에 시청각 교육과 설문 조사 참여로 받은 카드로 핑크색 코코콜라 캔을 하나씩 마신 상태여서 그런지 흥이 솟아

났다.

종이에 그린 캐릭터들은 가위로 오려 내어 종족별로 정리했다. 원래는 상대 팀까지 합쳐 모두 여섯 명이 필요한 게임이지만 렐크를 모르는 알거지를 빼고 둘씩 팀을 짜서 놀았다. 마치 실전 게임처럼, 로그인하는 시늉부터 했다. 카더라와 슬로맨이 화음을 넣어 그럴 듯하게 배경 음악을 흥얼거렸다. 우리는 각자 캐릭터를 골라 온갖 효과음을 내면서 전투했다. 흐물거리는 종이 캐릭터에 입체적이지도 못한 맵일 뿐인데도 재미있었다.

이 놀이를 생각해 낸 것은 슬로맨이었다. 렐크 게임을 하고 싶어서 미칠 것 같다면서 종이에 그림을 그리기 시작했다. 예전에 할머니가 화투 한 장이 사라졌다면서 장판 아래며 티브이 밑이며 구석구석 다 찾아보다가 포기하고 내 공책의 빨간 표지를 싹둑 잘라간 것이 문득 떠올랐다. 다 그게 그것 같은 화투장의 어떤 그림이 사라진 건지 전혀 알 수 없었는데 할머니는 볼펜을 들어 쓱쓱, 단번에 그림을 그렸다. 검은 쌀알 같은 것이 흩어져 있는 이상한 모양의 그림이었다.

나중에 옷장 아래에서 화투 한 장을 찾아냈는데 할머니가 그려 놓은 것과 똑같아서 놀랐다. 할머니는 어떻게 단번에 화투 모양을 기억할 수 있었던 걸까.

그런데 게임을 하다 보니 할머니가 이해되었다. 나도 60개의 캐릭터를 전부 기억하기 때문이다. 캐릭터마다 가진 궁극기와 목소리, 자주 하는 몸짓과 배경 이야기까지 모두 내 머릿속에 저장

되어 있었다.

할머니가 보고 싶어졌다가 다시 미워졌다. 나를 이곳에 구겨 넣은 사람이 바로 할머니니까. 나는 승진이네 무리가 할머니한테 해를 끼칠까 봐 전전긍긍했고, 그 아이들이 우리 집 주소까지 안다는 것에 경악해서 더욱 그들의 말을 잘 들었다. 승진이는 할머니 사진을 몰래 찍어 내게 보낸 적도 있었다.

그랬는데도 할머니는 나를 이상한 캠프에 보내는데 동의했다. 나한테 할머니가 전부인 것도 모르고.

"철봉, 너는 어쩌다 여기 온 거냐?"

요셉슈타인이 태양왕 루이 14세 캐릭터와 벌거숭이두더지 캐릭터를 동시에 들고 지상과 지하 맵을 각각 이동하면서 물었다. 종이 인형을 들고 진지하게 걸음을 옮기는 모습이 프로 같아서, 녀석의 손에 들린 것만은 입체적인 존재처럼 보였다.

"내가 여기 온 건."

나는 요셉슈타인의 전략을 따라가기 급급했다. 하지만 녀석이 내게 관심을 보이자 기분이 좋아져, 말을 덧붙였다.

"29만 원 때문이야."

방학을 한 달 앞둔 어느 날 나는 할머니한테 끌려가다시피 해서 통신 회사의 고객 센터에 들어갔었다.

"무슨 일로 오셨어요?"

직원의 말이 끝나기도 전에 할머니가 다짜고짜 요금 고지서를 들이밀었다. 날카로운 종이의 날에 직원의 턱이 베일 뻔했다.

"나랑 애랑 단둘이 사는 집에 무슨 놈의 전화세가 29만 원이 나와요? 휴대폰에 도둑놈이 달렸나!"

직원은 고지서를 꼼꼼히 읽어 보더니 또야? 하는 얼굴로 한숨을 푹 쉬었다. 우리보고 자리에 앉아 잠시 기다리라고 하고는 사무실 뒤편에 있는 방으로 들어갔다. 한참 뒤에 그 방에서 배불뚝이 아저씨가 나왔다. 아저씨는 대뜸 나를 가리키며 말했다.

"손자분이시죠?"

할머니 대신 내가 고개를 끄덕였다. 하지만 아저씨는 내게 눈길도 주지 않고 말을 계속했다.

"어르신, 혹시 패턴이나 지문 잠금 쓸 줄 아십니까?"

"그게 뭔데 그러셔."

할머니에게 휴대폰을 사 준 건 아빠였다. 늦둥이로 낳은 귀한 아빠를 걱정하느라 여든이 넘은 연세에도 우리 재봉이 어디 있니, 하고 매일 우는 할머니에게 채팅 앱을 깔아서 선물한 거였다. 할머니는 검색도 할 줄 모르고 음악도 듣지 않았다. 문해 교실에 가서 한글을 공부한 다음에는 문자 정도는 보냈지만 데이터나 와이파이가 뭔지 관심 없었다. 휴대폰은 단축 번호를 눌러 전화하는 기계일 뿐이다. 할머니는 원래 쓰던 폴더 폰이 튼튼한데다 숫자가 적힌 패드가 도톰하고 한 번 충전하면 일주일도 거뜬해서 더 좋다고 했지만 아빠는 "써 보시면 이게 더 좋아요. 노인 회관 가서 꼭 자랑하세요!" 하고는 휙, 떠났다. 최신형은 아니지만 제법 쓸 만한 폰이어서 나만 내심 좋아했다.

"학생들이 어르신들 폰을 이용해서 게임 머니 결제를 하는 경우가 많거든요. 귀찮거나 잘 몰라서 폰을 안 잠가 놓으시니까 이런 문제가 자꾸 생깁니다. 오신 김에 요금 결제 상한도 정해 놓고 가셔요."

아저씨는 나와 눈이 마주치더니, "아니, 결제를 아예 막아 버리죠." 하고 으르렁거렸다.

"철봉아, 이게 다 무슨 소리냐?"

나는 소파의 천을 손톱으로 긁으면서 말없이 앉아 있었다.

"여기, '렐크'라는 글자 보이시죠? 이 앞으로 삼천 원씩 네 번, 만 원씩 여섯 번…… 결제된 거 쭉 보이시죠?"

배불뚝이가 나를 노려보는 눈길이 느껴졌다.

29만 원이나 나올 줄은 몰랐다. 조금씩, 조금씩 할머니 휴대폰을 좀 썼을 뿐이다. 승진이가 2주 안에 골드4까지 레벨을 올려놓지 않으면 가만두지 않겠다고 했으니까. 실버5에서 골드4까지 짧은 시간에 올라가려면 다른 방법이 없었다.

실버1에서 단계를 올리는 거야 쉽다. 서른 판씩만 이기면 금방 올라가니까. 하지만 실버5에서 골드1로 가는 건 완전히 다른 차원이다. 서른 판을 연속으로 이겨야 하기 때문이다. 스물아홉 판까지 이겼어도 마지막 판에서 지면 처음부터 다시 승부를 시작해야 한다. 한 게임 당 수십 분이 걸리니까 밥도 안 먹고 화장실도 안 가고 게임을 해도 계속 이긴다는 보장이 없는 것이다.

마지막 한 판을 지더라도 레벨이 올라갈 수 있는 방법이 있긴 있다. 죽기 직전에 다시 생명을 얻을 수 있는 '부활콘'을 구매하는 것이다. 부활콘의 가격은 레벨이 올라갈수록 점점 비싸지니까, 조금씩 돈을 더 썼다. 메딕의 핑크색 링거액을 받는 방법도 있다. 그러려면 가장 좋은 무기를 미리 사 놓는 게 안전하다. 휴대폰으로 전송된 문자에 적힌 인증 번호를 입력하면 살 수 있다. 그건 다 승진이가 시킨 방법이다.

할머니는 요금 고지서를 들고 학교까지 찾아왔다. 교무실에 가서 선생님들한테 다짜고짜 화를 냈다.

"애가 무슨 렐 어쩌고에서 전화로 29만 원어치 물건을 사는 동안 학교에서 교육을 똑바로 안 했다."라는 게 도대체 무슨 말이냐고 담임이 내게 물었다. 우연이, 정현이가 상담실 창문 너머로 나를 힐끔거렸다. 승진이가 날 감시하라고 시킨 게 틀림없었다. 어디서부터 이야기를 시작해야 하는 걸까? "그 큰돈을 썼다면서 집에는 아무것도 배달된 게 없다. 사기당한 게 아닌지 선생님들이 알 것 같아서 찾아왔다."는 건 또 무슨 말이냐고 담임이 아까의 질문에 대답할 틈도 주지 않고 물었다.

할머니는 통신 회사에서 나오자마자 집으로 가서 마루 밑이며 장롱 서랍, 다락방 선반과 찬장을 샅샅이 살펴보았다.

"29만 원어치 산 건 다 어디 숨겼느냐."

"할매, 그건 눈에 안 보이는 거야."

"백내장 다 고쳤다. 할미 눈 밝아."

벽에 걸린 커다란 시계의 바늘이 툭툭 소리를 내며 움직였다. 몸에 안 맞는 옷을 억지로 입었을 때 실밥이 터지는 소리처럼 들렸다.

컴퓨터를 켜서 아이템 구매 목록에 들어가면 눈으로 보는 것은 가능하지만, 설명하기가 귀찮았다. 그 복잡한 화투장은 다 짝을 맞추고 계산도 틀리지 않는 할머니지만 이건 차원이 다른 세계니까.

어른들은 게임 얘기만 하면 "그럴 집중력으로 공부했으면 서울대 가겠다"라거나 "게임하면 쌀이 나오냐, 떡이 나오냐"라고 한다. 술 마시고 담배 피우는 것도 똑같은 거 아니냐고 따지면 그건 어른들이 스트레스를 풀기 위해 하는 거라고 변명한다. 우리도 스트레스받아서 하는 거라고 하면, 대답은 뻔하다. "어린 것들이 무슨 스트레스냐. 밥 먹여 줘, 재워 줘, 학원 보내 줘, 시키는 대로 하는 게 제일 쉽지"라거나 "커 보면 그 시절이 좋은 줄 알 거다"라고 한다. 그럴 때 한마디라도 덧붙였다가는 "가서 공부나 해! 어디 어른 말에 말대꾸야!"라고 한다. 다 똑같은 소리만 한다. 그러니 어른들하고는 말이 안 통한다.

이렇게 말이 안 통하면서 내가 불리할 때 할머니한테만 쓸 수 있는 두 가지 방법이 있다.

"나는 학원도 하나 안 다니잖아. 학원비 썼다 생각하면 되지. 게임도 잘만 하면 억대 연봉 받는 프로 게이머가 될 수 있다고. 내 미래에 할매가 투자한다 생각하면 되잖아."

할머니가 잘 모르는 세계를 이야기하면서 큰소리를 치는 것.

"그리고 내가 아빠도 엄마도 없이 사는 게 불쌍하지도 않아? 집에만 오면 외롭고 힘들다고. 이런 거라도 안 하면 친구들한테 놀림만 받고, 친해질 기회가 전혀 없단 말이야."

불쌍하고 가엾은 신세에 호소하는 것.

이번만큼은 둘 다 먹히지 않았다.

"내가 오늘 여기에 사인하고 왔다."

다음 날, 할머니가 주머니에서 꼬깃꼬깃 접힌 종이를 꺼냈다.

"이게 뭔데?"

"교장 선생님이 너 같은 애들 모이는 데라고, 꼭 사인하라고 하시던데."

"나 같은 애들?"

나는 종이를 펼쳤다. 캠프 참가 신청서였다.

단정하고 차분하게 말하면서 무시무시한 느낌을 주는 글이었다. 절대 가고 싶지 않은 곳이었다. 뇌를 네모나게 만들어서, 로봇처럼 생각하고 말하게 가르칠 것만 같았다. 게다가 3주씩이라니!

"공짜로 밥도 주고 공부도 시켜 주고 사람도 만들어 준다던데. 그게 29만 원어치는 될 거란다."

"할매, 나 안 가. 여름방학 때 할 일 많아. 그리고 나 이미 사람이야."

"네가 할 일이 뭐가 있다고?"

일단 승진이가 시킨 레벨 업을 완수해야 한다. 골드2까지 겨우 겨우 도달해서, 싹싹 빌어서 시간을 벌어 놓았다. 아침마다 지각하면서까지 컴퓨터를 붙잡고 있었던 결과였다. 승진이는 은근히 안도하는 눈치였다. 골드2만 해도 우리 학교에 몇 명 안 되기 때문이다. 자기 힘으로 한 것마냥 레벨을 자랑하고 다녔다. 하지만 그게 오래 갈 리 없었다. 우리 학교에 골드3은 한 명밖에 없는데, 그 애가 승진이와 가장 사이가 안 좋은 김훤이다. 승진이의 1차 목표는 그 아이보다 더 높은 레벨에 오르는 것이다. 그런 뒤 내가 막노동에 가깝게 혹사당한 시간으로 공들여 가치를 올린 아이템을 커뮤니티에서 팔아 버리는 것이 최종 목표다.

내가 캠프에 가 버리면 3주 동안 훤이는 골드를 넘고 플래티넘까지 쭉쭉 가 버리는 게 아닐까? 그럼 난 끝장이다.

또 하나. 여름방학 때는 아빠가 돌아온다. 금세 다시 떠나겠지만. 나는 큰소리치기와 불쌍한 척하기의 두 전략을 써서 아빠에게 얻어 낼 것이 좀 있다. 그래픽 카드를 교체해서 게임 하나를 더 깔아야 하고, 아빠 민증으로 아이디도 하나 새로 만들어야 한다. 할매 민증은 이미 써먹었는데 그걸로는 '영정' 즉, 아이디 영구 정지를 먹었다. 상대 팀 애한테 욕 한 번 했다고 바로 신고를 당했다. 시비 터는 건 그 애가 먼저 시작했는데.

'너 프로필 보니까 86세 여자라고 나옴. 할매임?'

'넌 대전 사는 45세 아저씨던데. 어린 게 어디서 까불어. 노인 공경 좀.'

개도 분명 아빠 민증으로 가입한 게 분명했다. 그날따라 게임이 잘 안 풀려서 키보드를 부술 뻔했다. 그 45세는 내가 실수할 때마다 '할매라서 느려 터짐' '틀니 빼고 똑바로 해라' '흰머리 뽑고 있나, 왜케 느림' 하고 자꾸 놀려 먹었다. 너무 열이 받은 나머지 내가 아는 모든 욕을 조합해서 날렸더니 '신고 각'이라는 말만 남기고 나갔다. 그날부터 할매 아이디로는 게임에 접속할 수 없었다. 손이 덜덜 떨릴 정도로 화가 났지만 방법이 없었다.

그러니, 아빠 민증으로 아이디 하나는 새로 만들어 놔야 안심이 된다.

"방학 때 나 공부할 거야. 못 가. 안 가."

나는 종이를 다시 접었다. 그때 뒷면에 적힌 작은 글씨가 보였다.

보호자의 서명을 받은 뒤에는 어떤 사유로도 신청을 취소할 수 없음.

그럴 리가. 뭐 이런 캠프가 다 있어? 엄마 집으로 도망가 버릴까? 고민하는 동안 순식간에 시간이 흐르고 방학식이 끝나자마자 이곳으로 끌려온 것이다.

두 번째 미션

한참 우리만의 놀이를 즐기고 있을 때였다. 갑자기 안내 방송이 들렸다. 지지직 소리가 들리자마자 우리는 모든 동작을 멈추고 귀를 기울였다. 지지직 소리는 마치 탄산이 터지는 소리처럼 들렸다.

"두 번째 미션을 시작하겠다. 이번 미션은 오늘 밤 9시까지, 힌트가 가리키는 사람이 누구인지 찾은 뒤 그 사람과 관련된 숫자를 알아내는 것이다. 그 숫자가 오늘 시청각실 문을 여는 비밀번호가 된다."

"재밌겠다!"

알거지가 눈을 반짝였다.

"시청각실에는 10만 원이 충전된 카드가 있다! 그걸 먼저 가져간 팀이 승리하는 것이다!"

"10만 원!"

모두 입을 떡 벌렸다.

"그 돈이면 코코콜라가 몇 개야!"

온몸에 코코콜라가 가득 차서 출렁거리는 것만 같았다.

"도서실과 태블릿을 이용하여 답을 찾도록. 각 조 조장은 지금 관리실로 와서 태블릿을 받아 간다. 태블릿 사용 시간은 전원을 키면서 시작되고 단 10분간만이다."

"뭐? 태블릿이라고?"

"대박 아이가."

"거기 게임 깔릴까?"

"10분인데 그럴 시간이 있겠냐."

태블릿에, 10만 원이 든 카드라니. 갑자기 이곳이 좋아지려 했다.

"이겨서 코코콜라 실컷 먹자."

"하루에 열 캔씩 먹는 거야."

슬로맨과 내가 두 손을 가슴 앞에 모은 채 기도하는 시늉을 했다.

요셉슈타인이 종이로 만든 좀비 캐릭터를 내려놓았다. 고깔모자가 목을 다듬더니 말을 덧붙였다.

"답을 못 맞힌 팀들은, 내일 있을 서바이벌 게임에서 페인트 총알의 개수를 각 열 발밖에 못 받을 것이다."

"그건 안 돼. 얼마나 기다렸던 서바이벌인데!"

슬로맨이 머리를 감싸고 흔들었다.

관리실에 갔던 요셉슈타인이 도화지 크기의 종이를 한 장 들고 왔다. 우리는 모두 머리를 맞대고 모여 앉았다.

두 번째 미션 힌트

A: 37. 574760, 126. 993910

B: ㅈㅅ의 ㅇㄷ 18-32

(2)

나는 A에 없는 자

B에서는 내 편이 없지

죽어서도 밥을 먹을 수 없네

빛나는 것을 열 번째로 쓰던 날이 암호라네

그해로 돌아가고 싶어라

(3)

나는 ㅅㅈ과(와) ㅈㅈ 사이에 있다

나는 누구일까?

나와 관련된 비밀번호는 무엇일까?

모두 비명을 질렀다.

"도대체 이 숫자들은 뭐야?"

째깍째깍 시간이 흐르고 있었다. 어디서부터 시작해야 할지 몰라서 우리는 렐크 캐릭터들을 바닥에 하나씩 줄지어 놓고 만지작거리기만 했다. 도서실에 가서 뭐라도 살펴봐야 하는 게 아닐까? 하지만 아무도 움직일 생각을 하지 않았다.

요셉슈타인은 태양왕 루이 14세 캐릭터를 곰곰이 들여다보고 있었다. 루이 14세의 궁극기는 왕관에서 뿜어져 나오는 황금빛 광선과 금화 태풍이다. 광선은 상대의 눈을 1분간 멀게 만든다. 그런 뒤에 붉은 빛깔의 망토에서 금화가 회오리치며 쏟아진다. 앞이 안 보이는 상태에서 무기를 휘두르다가 금화에 부딪히면 금화 하나가 부서질 때마다 100개의 은화가 날아온다. 그 은화를 부수면 은화 하나가 100개의 청동 동전이 되어 쏟아진다. 동전 폭풍이 끝없이 날아오는 식이다. 그래서 공격을 계속하다 보면 무지막지한 양의 동전에 파묻히게 된다.

"빛나는 것을 '쓴다'고 했으니까 이건 왕관을 의미하는 게 아닐까?"

요셉슈타인이 루이 14세의 왕관을 만지면서 말했다.

종이가 얇아서 왕관은 금세 찢어질 것처럼 달랑거렸다.

"A에 없는 자라고 했으니까, 장소나 그림일 거야."

"왕관을 쓴 사람들이 모인 장소나 그림……."

"왕과 관련된 장소가 어디 있지? 경복궁? 박물관?"

"아! 이거! A는 좌표인 거 같아!"

슬로맨이 갑자기 내 등을 소리 나게 때리며 외쳤다.

"야, 아파!"

"미안 미안. GPS 좌표 말야. 위도, 경도."

"위도, 경도?"

"그래! 이 숫자를 알면 장소를 찾아갈 수 있잖아."

요셉슈타인의 얼굴이 환해졌다.

"유럽 여행 갔을 때 길 찾기 맵에서 이런 걸 본 적이 있어."

슬로맨이 지금까지 본 것 중 제일 빠른 속도로 말을 했다.

"그럼 이게 어느 장소를 나타내는 좌표인지 어떻게 알아보지?"

"이걸 쓰면 돼."

나는 태블릿 전원을 켰다.

부드러운 소리를 내며 태블릿 화면이 밝아졌다. 태블릿의 각진 모양과 가벼운 무게가 비현실적으로 느껴져서, 타임머신을 타고 미래로 온 것 같은 이상한 착각이 들 정도였다. 하지만 감상도 잠시, 태블릿 화면 위에서 10:00이라는 숫자가 나타나더니, 순식간에 시간이 줄어들었다.

길 찾기 맵 사이트에 접속해 좌표 번호를 적자, 우리나라 지도가 점점 확대되더니 빨간색 화살표가 한곳을 가리키며 깜박였다. 화살표를 보고 있으니 모니터 속으로 빨려 들어갈 것 같았다.

몇 초가 흐른 뒤 화살표 옆에 말풍선처럼 생긴 네모 칸이 떴다. 그 안에는 '종묘'라는 글자와 설명이 적혀 있었다.

"종묘?"

화살표는 종묘를 가리키며 계속 깜박이고 있었다. 슬로맨이 설명을 읽었다.

"유네스코 세계문화유산에 등재된 종묘는 신주를 모신 곳이다."

"여긴 그럼 제사를 지내는 곳이네?"

"두 번째 힌트에 '나는 A에 없는 자'라고 했어."

"죽어서도 밥을 먹을 수 없다고 했으니까 종묘에 모셔지지 않은 조선의 왕을 찾으면 돼."

"검색하면 된다 아이가."

그때, 태블릿 화면에 갑자기 코코콜라 광고 팝업이 떴다.

"뭐지, 이건?"

"클릭하면 쿠폰을 준대. 코코콜라 10개 교환 쿠폰!"

"오! 좋은데?"

마음이 흔들렸다. 우리의 마음을 아는지 팝업이 계속 깜빡거렸다. 지금 누르지 않으면 다시는 누를 수 없을 것만 같았다. 이 기회를 놓칠 수 없는데! 어떡하지?

'렐크 퀴즈를 풀면, 코코콜라 20개!'

'해골조 캐릭터 문제 다섯 개를 연달아 맞히면 새 스킨을 드려요! 렐크 최초!'

'이순신 궁극기는 뭘까요?'

나도 모르게 그걸 클릭해 버렸다. 내 손가락이 내 머리를 배신하고 버튼을 눌러 버렸다. 이순신 문제를 내가 그냥 넘어갈 수는 없었다!

팝업 창이 전체 화면으로 변하더니, 그토록 그리워하던 이순신이 나왔다.

"내 죽음을 적에게 알리지 마라!"

나는 너무 반가워서 소리를 지를 뻔했다. 이순신이 용으로 변신하고 있었다.

"궁극기야!"

모두 미션을 잊어버리고 이순신에 빠져들었다.

"정신 차려!"

요셉슈타인이 우리를 흔들었지만, 슬로맨, 카더라, 내 눈은 태블릿 화면에 붙은 듯 움직이지 않았다. 가슴이 쿵쾅거렸다.

"잠깐, 여기 뭐라고 적혀 있는데?"

겨우 얼굴을 들이댄 요셉슈타인이 팝업 창 아래에 적힌 작은 글자를 가리켰다.

'팝업 창을 클릭할 경우 태블릿 사용 시간은 5분으로 줄어듭니다.'

"뭐? 뭐?"

미처 손을 쓸 틈도 없이 태블릿 화면이 뚝 꺼졌다. 이미 5분이 지나간 줄도 몰랐다.

"함정이었나 봐!"

슬로맨이 소리쳤다. 아까는 그런 글자를 보지 못했다. 봤더라면, 팝업 창을 누르지 않았을 것이다. 아니다. 진짜, 안 누를 자신은 없다. 그래도 고민은 해 보지 않았을까. 아무리 내 최애 캐릭터가 이순신이라고 해도, 지금 콜라를 먹을 수 있는 최고의 기회를 놓칠 리가 없다. 아니다. 그래도 게임 캐릭터가 우선이지. 아니다. 콜라가 우선. 아, 모르겠다. 둘 다 좋은데. 나는 머리카락을 한 움큼 잡고 뜯는 시늉을 했다. 너무 괴로웠다. 흥분해서 얼굴이 벌겋게 달아올랐다. 검은색 코코콜라를 한 캔만 딱 먹을 수 있다면!

"하지만 우리에겐 한 가지 방법이 더 있잖아."

요셉슈타인이 드라이버 열쇠를 꺼냈다.

"3층에는 시청각실이랑 도서실 때문에 아이들이 많을 텐데 몰래 컴퓨터를 할 수 있을까?"

"분명 여우 같은 엄크가 따라붙을 텐데."

"그건 내가 알아서 할게. 나한테 맡겨."

알거지가 씩 웃으면서 말했다.

잠시 뒤. 여기저기서 비명이 들리고 여러 명이 한꺼번에 달려가는 발소리가 들렸다.

"저리 가! 저리 가라고!"

"아, 더러워! 왜 그러는 거야?"

"물 뿌리기 전에 그 손 치워."

알거지가 귓밥인지 코딱지인지 정체 모를 뭔가가 묻은 손가락을 쭉 내밀며 아이들을 향해 뛰어다니고 있었다. 헤헤헤 웃는 얼굴로. 시청각실 앞에서 서성거리던 아이들을 도서실로 모두 몰아넣기까지 채 십 분이 걸리지 않았다. 도서실에서 꺅꺅 비명이 들려왔다.

"알거지 나이스!"

우리는 청소 도구가 쌓인 창고로 들어갔다. 열쇠를 밀어 넣었다. 그런데 이상했다. 드라이버로 수납장을 열고 본체 버튼을 눌렀는데도 모니터에 불이 들어오지 않았다. 손전등을 비추자 '모니터 연결선은 나에게 있어. 나를 찾아와.'라고 적힌 쪽지가 보였다.

"이거 누구 짓이야?"

열쇠가 없으니 본체를 열지 못하는 대신 모니터와 본체를 연결하는 선을 가져가 버린 것이다.

"우리 뒤를 밟던 놈이겠지."

나는 요셉슈타인과 눈이 마주쳤다. 요셉슈타인이 고개를 끄덕였다. 우리는 동시에 사마귀처럼 턱이 뾰족한 아이를 생각하고 있었다. 우리가 창고로 들어갈 때 뒤를 따라온 것 같았다. 소리의 정체를 찾아다니던 밤, 우리가 본체를 찾아다니고 있다는 정보를 흘린 것이 실수였다.

"이 여우 같은 놈! 누군지 몰라도 계단에서 굴러 버려라."

슬로맨이 중얼거렸다.

"어떡하지? 이제?"

도서실에서 아이들이 웅성거리는 소리가 들렸다.

"일단 도서실로 가자. 자연스럽게 합류해야 해."

요셉슈타인의 말에 우리는 모두 창고를 빠져나왔다.

복도 끝에서 고깔모자들이 달려가고 있었다. 우리도 소란스러운 틈에 자연스럽게 도서실에 들어가 아무 책이나 펼치고 앉았다.
"분위기 보니까 아무도 힌트를 이해하지 못한 거 같아."
슬로맨이 소곤소곤 말했다.
요셉슈타인이 힌트가 적힌 종이를 가만히 들여다보더니 말했다.
"조선 왕들이 나오는 책을 찾아보자. 책장을 하나씩 맡아."
"책?"
"이거, 책 제목 같지 않아? 근데 청구 기호가 없어. 18은 쪽수인 것 같은데."
요셉슈타인이 'ㅈㅅ의 ㅇㄷ 18-32'을 가리키며 말했다.
"청구 기호? 그게 뭔데?"
"도서관에 가면 책등에 적힌 숫자 있잖아. 책 찾을 때 쓰는 기호."
"아!"
슬로맨만 빼고 모두 고개를 절레절레 저었다. 우리가 아무 반응이 없자 슬로맨이 물었다.
"너희는 도서관 가 본 적 없어?"
"거길 왜 가냐?"
"동네 도서관에 와이파이 잘 터져서 게임하러 간 적은 있지. 책 빌린 적은 한 번도 없는데."
내가 말하자 카더라가 동의한다는 의미로 고개를 끄덕였다.

"근데, ㅈㅅ, ㅇㄷ이 뭐지?"

"몰라. 일단 그 초성의 책을 찾아보자."

"어느 세월에?"

"그래도 그 방법뿐이야."

요셉슈타인의 말에 우리는 각각 책장을 맡아서 조선 시대에 관한 책을 찾아 서가를 헤매었다.

"3분 남았다."

복도에서 고깔모자들이 외쳤다. 가슴이 콩닥콩닥 뛰어서 그런지 책 제목이 눈에 들어오지 않았다.

"뭐 좀 찾았어?"

엄크가 슬그머니 다가와서 물었다. 당장 멱살부터 잡고 싶었지만 참았다.

"어? 아니. 우린 태블릿이 꺼져서 아무것도 못 했어."

나는 둘러댔다.

"너희도?"

"응. 엄크 너도 그랬어?"

"코코콜라 팝업 뜰 때 클릭했더니 그렇게 되더라고."

뭔가 고소하다는 생각이 들었지만 티 내지 않았다. 엄크도 나를 보며 다행이라는 표정을 지었다.

"엄크 넌 뭐 알아낸 게 좀 있어?"

"숫자를 더해 보고 빼 보고 해 봤는데 아무것도 모르겠더라고. 죽어서도 밥을 먹을 수 없는 사람이라고 했으니까 굶어서 죽은 사람이겠지?"

엄크가 나를 떠보듯 물었다.

"그럴지도 모르겠어."

엄크는 의심스러운 눈초리로 나를 바라보았다. 나는 어깨를 으쓱했다. 지금 모니터 선에 대해 물었다가는 본전도 못 찾을 게 뻔했다. 나는 주먹만 꽉 쥔 채 화를 눌러 참았다.

그때 슬로맨이 책 한 권을 들고 다가왔다. '조선의 왕들'이라는 제목의 책이었다.

"이거, 초성이 일치해."

"맞네!"

나는 손가락에 침을 묻혀 책장을 넘겼다. 긴장을 해서 침이 말라붙어 잘 나오지 않았다.

조선 시대의 왕들은 너무 많았다. 언제 태어났고 언제 즉위했고 언제 사망했고……. 이걸 다 읽으라고?

"야, 잠깐!"

카더라가 힌트 종이를 들고 내게 달려왔다.

"열 번째 왕 아니가. 열 번째."

"왜?"

"빛나는 것을 열 번째로 썼다 안카나. 빛나는 것. 왕관. 열 번째니까, 조선의 10대 왕. 제삿밥을 먹을 수 없는 임금."

그때 슬로맨이 자신의 머리를 퍽 소리 나게 때렸다.

"나 답 알고 있어. 연산군이야. 태정태세문단세예성연중! 성종과 중종 사이! ㅅㅈ과 ㅈㅈ 사이!"

"확실해, 슬로맨?"

"나 한국사 2급이라고. 내가 왜 이걸 기억 못 했을까. 바보다, 바보. 다 아는 건데 연관 짓지를 못 했어."

"주입식 교육 플러스 벼락치기의 한계지, 뭐."

알거지가 슬로맨을 놀렸다.

"그럼, 18-32쪽을 찾아보자. 빛나는 것을 쓰던 날로 돌아가고 싶다고 했고, 그게 암호라고 했어."

"왕으로 즉위한 날을 가리키는 거야."

책장을 급히 넘기던 슬로맨이 책에서 연산군이 나온 곳을 찾아서 손가락으로 가리켰다. 요셉슈타인과 슬로맨이 책 속으로 들어갈 듯이 얼굴을 들이댔다.

"조선의 제10대 왕인 연산군은 악행을 일삼고 백성들로부터 존경받지 못해서 종묘에 모셔지지 않았다."

모두 안도의 한숨을 쉬었다. 코코콜라가 눈앞에 잡힐 것만 같았다. 나는 연산군에 대한 설명 아래에 있는 문장을 읽었다.

"연산군이 즉위한 해는."

요셉슈타인이 손짓으로 재촉했다.

"1494년!"

"1494가 비밀번호야."

"드디어!"

우리는 컴퓨터를 발견했던 날처럼 소리 없이 환호를 지르며 살금살금 도서실을 빠져나왔다.

복도에는 아무도 없었다. 카더라가 시청각실 문에 달린 잠금 장치의 뚜껑을 밀어 올렸다. 우리는 기쁨의 비명을 지르고 싶은 걸 꾹꾹 참았다.

그때였다.

문과 카더라 사이가 순식간에 벌어지더니 마치 땅에서 나무가 솟아오르듯이 엄크가 툭 튀어 올랐다. 그 바람에 카더라가 뒤로 밀리면서 비틀거렸다. 카더라는 금세 균형을 잡고 딱 버티고 섰지만 그사이 엄크가 잽싸게 비밀번호를 누르고 시청각실로 들어갔다.

우리가 시청각실 안으로 들어갔을 때는 이미 엄크의 손에 카드가 들려 있었다. 우리의 코코콜라를 맛보게 해 줄 바로 그 카드가!

"엄크, 너 뭐야!"

요셉슈타인이 소리 질렀다. 엄크는 아랑곳하지 않고 큰 소리로 웃었다.

"너희 뒤를 밟았지. 바보들. 항상 조심했어야지!"

"너! 이거 반칙이야! 다 이를 거야."

슬로맨이 이마까지 시뻘게진 채로 소리쳤다.

"어떻게 증명할 건데?"

엄크가 혀를 날름, 하고는 태연하게 물었다.

"뭐?"

"내가 반칙을 썼다는 걸 어떻게 고자질할 거냐고!"

"네가 지금, 카더라를 밀치고 갑자기 비밀번호를 누른 거잖아!"

"슬로맨, 너 내가 그랬다는 증거 있어?"

"우리가 다 봤지!"

우리는 다 같이 주먹을 쥐고 부들부들 떨었다. 한 대 때리고 싶지만 참아야 했다. 때려 봤자 달라지는 건 아무것도 없었다. 얼마 전에 무사조 애들끼리 싸움이 붙어서 주먹다짐을 했는데 그날 세끼를 비타민 알약으로만 대신해야 했다. 코코콜라를 먹는 것도 금지였다. 보기만 해도 끔찍했다. 어떤 놀이에도 참여할 수 없고 시청각 교육도 받지 못했다. 걔들은 그냥, 좀비나 다름없었다.

"바보들. 여긴 CCTV가 없어. 내가 다 확인했지. 휴대폰이 없으니 녹음하는 것도 불가능하고 말이야. 도대체 뭘로 반칙을 증명하겠다는 거야?"

"만약 고깔들이 너를 벌 주지 않으면, 나는 고깔들과 싸울 거야."

슬로맨이 부르르 떨며 말했다.

엄크가 피식 웃더니 "너, 우리 조 '동짓달기나긴밤'이 어떻게 되었는지 못 봤어?" 하고 물었다. 동짓달은 여기서 닉네임이 제일 긴 애였는데, 하루에 20시간씩 게임을 하다가 아빠한테 잡혀 온 울트라급 폐인이었다. 돌잔치 때 돌잡이할 때도 마우스를 잡았다는 전설적인 게임 덕후지만 레벨은 골드1이어서 미스터리를 남긴 녀석이기도 했다. 다크서클이 턱까지 내려와 있고 뺨이 쏙 들어가서 해골같이 생겼다. 움푹 꺼진 눈은 퀭해서 시선이 어디에 가 있는지 알 수 없었다.

동짓달은 게임을 하게 해 달라며 난동을 피웠다. 운동장 밖으로 뛰쳐나갔다가 잡혀 온 뒤 화장실과 샤워실에 있는 모든 수도를 틀어 놓아 복도를 물바다로 만들었고 복도 유리창을 세 개나 깼다. 관리실 문손잡이를 부수고 입소할 때 압수당한 휴대폰을 찾아냈다. 그러고는 본관 옥상에 올라가 옥상 문을 잠그고, 죽은 듯이 폰 게임을 하다가 한 시간 만에 탈진한 채 발견되었다. 한여름의 태양이 본관 건물을 벽돌처럼 굽고 있던 대낮이었으니 당연한 일이었다.

동짓달은 보건실에서 이틀 동안 집중 치료를 받았다. 그런데 도대체 무슨 방법을 쓴 건지 그 뒤로 잠잠해졌다. 눈은 더 깊숙하게 꺼졌고 어깨를 축 늘어뜨린 채 유령처럼 걸어 다녔다. 식사가 끝나면 고깔들이 동짓달에게 알약을 먹였다. 동짓달의 영혼이 어디론가 사라져 버렸다는 걸 우리는 알 수 있었다. 어쩌면 여기는 캠프를 가장한 정신 병동인지도 몰랐다. 소리 없이 우리가 사라지거나 좀비처럼 변하더라도 바깥에서 그걸 아쉬워할 사람이 없을 것도 같았다. 집에서도 학교에서도 우리를 필요로 하는 어른은 없었으니까. 고깔들은 생각보다 무서운 존재인지도 몰랐다. 그 뒤로 아무도 고깔들에게 반항하지 않았다.

그걸 생각하자 모두 막막해졌다. 고깔들에게 따지고 대들었다가 이 조용한 동네에서 무슨 짓을 당할지 알 수 없었다. 게다가 참가 동의서에도 나와 있지 않은가. 학부모의 면회도 연락도 모두 금지라고. 우리는 꼼짝없이 이곳에서 버텨야 했다. 마치 교도소에서 3주간의 형을 사는 죄수처럼.

"난 누구보다 여기를 잘 파악하고 있다고."

우리의 생각을 읽기라도 한 듯이 엄크가 미소를 띠며 말했다.

"너희가 나를 일러바칠 증거는 하나도 없고, 너희는 나를 벌주지 못하는 고깔들에게 따질 배짱이 없으니, 답은 나온 거 아니겠어? 코코콜라 잘 마실게, 덕분에."

"너, 이 나쁜……."

"너희도 내가 필요한 날이 올 거야. 그때를 위해 미리 빚 갚는 거라 쳐!"

엄크가 생쥐처럼 잽싸게 복도로 빠져나갔다.

서바이벌 게임이 시작되었다. 하지만 우리 조는 애초에 싸울 생각이 없었다. 오로지 엄크만 노릴 뿐.

고깔모자가 시작을 알리는 호루라기를 불자마자 우리 조 다섯 명은 모두 한 사람을 향해 달려갔다. 엄크는 렐크에서 스파이 무사들이 하듯 수풀 뒤에 몸을 감추고 있었지만 완전히 숨을 수는 없었다. 우리는 어디서 페인트 총알이 날아오든지 말든지 신경 쓰지 않았다. 다섯 개의 총구를 엄크에게 겨누었다.

투다닥닥! 탓! 탓!

페인트 총알이 엄크 몸에서 탁탁 터지는 소리만 들어도 짜릿했다. 여기서 나가면 총 게임을 다시 시작해 봐야겠다.

"아야, 아야! 이거 줄게, 용서해 줘!"

엄크는 알록달록한 페인트를 뒤집어쓰고 비명을 질렀다. 엄크가 건넨 것은 코코콜라 한 캔이었다.

"너나 먹어."

"비밀을, 비밀을 알려 줄게!"

"필요 없어."

우리는 총알을 모두 소진하고는 다 함께 두 손을 높이 들고 항복을 선언했다.

졌지만 이긴 기분이었다. 속이 다 후련했다.

"오늘 밤에 엄크를 습격하자."

"좋아."

우리는 다섯 개의 주먹을 내밀어 결의를 다졌다.

나는 슬로맨이다

크게 소리 내어 웃는 사람이 없다. 그게 예의라고 배웠다. 사실 웃기는 사람도 없다. 그저 다들 손으로 입을 가리거나 입꼬리만 부드럽게 올려 웃는 시늉을 할 뿐이다.

"안 가면 안 돼?"

나는 여기 안 오려고 별수를 다 썼지만 소용없었다.

"나도 너 같은 아들 데리고 가긴 싫지만, 어쩌겠니? 꼭 너 데리고 오라는데."

엄마가 초대장을 보여 주며 말했다. 후명이 엄마가 보낸 초대장이었다. 매달 정기적으로 하는 모임만 해도 골치 아픈데, 누군가 전국 대회에서 수상하거나 전교 1등 할 때처럼 축하할 일이 생기면 비정기적으로 모임을 만들기도 한다. 그런 모임에 빠졌다가는 중요한 정보를 놓칠지도 모르니까 다들 열심히 참석한다.

엄마는 새끼손가락을 들고 와인 잔을 우아하게 잡고 있다. 묵직해 보이는 붉은 와인이 잔 속에서 빙글 돈다. 엄마는 코를 살짝 대어 향기를 맡은 뒤, 흐뭇한 미소를 띠고 한 모금 마신다. 가글을 하듯이 엄마의 볼이 한쪽씩 부풀었다가 가라앉는다. 엄마는 평소에 맥주만 마신다. 냉동실에 컵을 얼려 두고, 샤워가 끝나면 캔맥주 하나를 따서 거기 부어서 원샷 한다. 공룡처럼 "크아!" 소리 내는 것도 잊지 않고. 무슨 맛이냐고 물어봤더니, "뼛속으로 빙하가 떠내려오는 맛"이라고 했다. 도대체 그게 무슨 맛이람. 어쨌든 엄마는 여기선 맥주를 주문하지 않는다. 아무도 그런 술을 마시지 않으니까.

하얀 실크로 만든 식탁보 위에 저염 버터와 빵이 놓여 있고 어른들 앞에는 와인 잔이, 아이들 앞에는 금방 짜낸 오렌지주스가 한 잔씩 있다. 이다음에는 스프가 나오고 달팽이 요리나 연어 구이를 먹고 나면 한 주먹도 안 되는 스테이크, 그다음에는 셔벗이나 아이스크림, 혹은 초코 푸딩이 디저트로 나올 것이다. 모든 식사를 마치기까지는 한 시간 반이 걸린다.

빵을 더 먹고 싶어서 손을 뻗자 옆에 앉은 엄마가 식탁 밑으로 손을 넣어 허벅지를 꼬집었다. 엄마는 내가 허겁지겁 먹지 못하게 하려고 여기 오기 전에 집에서 미리 저녁을 먹게 했다. 그래도 배가 고프다.

도대체 왜 음식을 찔끔찔끔 주는 거야? 이건 고문이나 다름없다.

오늘도 귓속말로 잔소리를 듣겠지.

"씹을 때 소리 내지 마."

"샐러드용 포크와 스테이크용 포크는 다르다고 몇 번을 말했니? 맨 바깥쪽 포크부터 안쪽으로 순서대로 사용하란 말이야."

"식탁에 팔꿈치 대지 말고."

로얄 패밀리 모임이라니, 도대체 이름은 누가 붙인 걸까? 누가 보면 멸망한 귀족의 후예들인 줄 알겠다. '패밀리'라지만 엄마들과 아이들만 모인다. 딱 일곱 가구로 정해져 있다. 엄마는 이 모임에 가입하려고 엄청 노력했다. 엄마는 매년 가입이 미뤄지는 건 오로지 내가 문제라고 했다. 엄마, 아빠의 직업, 학력, 재산은 다 조건에 맞는데 내 성적이 문제라는 것이다.

"다른 조건은 다 맞췄는데 너 성적이 부족해. 이번 시험에는 상위 1% 안에는 들어야 한다. 알았지?"

엄마는 과외 선생님을 또 바꾸면서 얘기했다. 상위권 중에 상위권만 모인 학원에서 분기별로 치는 큰 테스트를 말하는 거였다. 단지 이 대형 학원에서 수업을 듣기 위해 또 다른 학원을 다녀야 하는 것도 이상했는데, 합격(?)해서 그 훌륭하다는 수업을 들으면서도 또 과외를 받아야 하다니, 정말 이해할 수 없는 상황이다.

이번에는 나도 조건을 걸었다.

"1% 안에 들면, 일주일 동안 게임해도 되죠?"

"들기만 하렴. 뭐든 다 해 줄게. 우리 아들."

컴퓨터는 최고 사양이다. 엄마, 아빠는 어떤 취미 생활을 하든 내가 기죽지 않도록 최고급으로 하드웨어를 깔아 준다.

그러나 시간을 주지 않는다. 컴퓨터가 아무리 좋아도 부팅할 시간조차 없다. 엄마가 만들어 놓은 빡빡한 공부 스케줄 때문이다. 내가 다니는 사립 중학교도 워낙에 방과 후 수업이 많기로 유명한데, 학원에 과외에 모든 숙제까지 해내려면 몸이 열 개여도 모자란다. 분명 나같이 자란 사람이 처음으로 로봇을 만들기 시작했을 거라고 믿는다. 자신을 대신해 줄 누군가가 필요했을 것이다. 특히 부모 욕심을 채워 줄 빠릿빠릿하고 똑똑한 존재가. 아이들끼리는 겉으로만 친하게 지냈다. 같은 선생님한테 과외를 받고 같이 해외 탐방을 갔지만 비밀을 털어놓는 사이가 된 친구는 아무도 없었다. 똑같은 수업을 받았는데 영어 토론 대회나 수학 경시, 논술 대회 같은 데서 누군가 더 뛰어난 성적을 받으면 다른 아이들이 걔를 미워했다. 우리는 웃으면서 미워하는 방법부터 배웠다. 다른 남자아이들끼리는 모여서 여자 친구나 게임에 대해 얘기하지만 우리는 그런 얘기 대신 다음 대회, 다음 시험, 다음 점수 얘기만 했다.

시험을 잘 치고 나서 받은 일주일 동안 나는 렐크 게임만 했다. 반 아이들의 절반은 하는 게임인데 나만 여전히 튜토리얼 모드에서 기웃거리고 있었다. 시험이 끝나는 날마다 친구들은 피시방에 가서 몇 시간씩 놀았지만 내 자리는 맡아 주지 않았다. "넌 마마보이잖아."라거나 "공붓벌레가 무슨 게임이냐. 너희 엄마 학교에 찾아오시면 어쩌려고."라며 나를 빼고 학교 앞 피시방으로 우르르 뛰어가곤 했다. 그런 날이면 너무 속상하고 우울해서 초코바를 열 개씩 입에 쑤셔 넣었다. 성적을 꼭 올려서 엄마 소원을 들어준 다음, 나도 저 무리에 들겠다는 목표를 세웠다.

내가 시험을 잘 쳤으니 엄마는 너무 기분이 좋아서 아무것도 신경 쓰지 않고 마음껏 놀게 해 주었다. 게임 속에서 피가 튀고 팔다리가 쓱쓱 잘려 나가고 비명을 지르는 소리를 들으면 스트레스가 풀렸다. 침대에 누우면 천장에 핏자국이 아른아른했다.

처음에는 블루에서 레드까지 게임 레벨이 빠른 속도로 올라갔지만 점점 속도가 더디어졌다. 브론즈에서 실버로, 골드로, 플래티넘에서 다이아, 화이트 다이아, 핑크 다이아, 마스터 레벨까지 갈 길이 너무 까마득해 보였다. 느릿느릿한 성격이 게임에서도 약점이 되었다.

초조해졌다. 렐크를 잘하는 반 친구들에게 전략을 물어보기 시작했다. 그러자 친구가 점점 늘어났다. 공붓벌레인 줄 알았는데 게임도 해? 하며 다가왔다. 로얄 패밀리에서 만난 애들보다 훨씬 재미있고 솔직하게 말할 줄 아는 친구들이었다. 욕을 섞어서 한 마디씩 뱉을 때마다 친구들이 깔깔 웃으며 좋아해 주었다. 아빠, 엄마가 집을 비울 때는 학원을 빠지고 피시방에 갔다. 거긴 천국이었다. 온갖 음료에 라면에 제육 덮밥, 자장밥, 스낵들까지 먹을 것도 넘쳐 났다. 팔걸이가 달린 폭신한 의자에 몸을 묻고 헤드셋을 낀 채 라면 면치기를 할 때가 제일 행복했다. 피시방 의자에서 나는 가죽 냄새, 컴퓨터 키보드를 닦는 소독제 냄새마저 좋았다.

렐크 게임을 하다 지겨워지면 VR 게임방에 가서 자동차 질주 게임인 '레이싱'을 했다. 나는 렐크보다 레이싱 게임에 재능이 있었다. VR 게임이 더 비쌌지만 돈이라면 얼마든지 있어서, 남들보다 훨씬 더 빨리 레이싱에서 앞서 나갈 수 있었다. 나는 자전거에서 오토바이로, 경차에서 중형으로, 사륜구동 차로 바꿔 가며 스릴을 즐겼다. 시동 버튼을 누르고 기어를 바꾸고 액셀러레이터를 끝까지 밟으며 핸들을 꺾고 소리를 질렀다. 고글을 벗고 나면 땀범벅이 되었지만 팀플로 전략을 짜고 상대를 파괴하는 렉크도, 솔플로 마음껏 달릴 수 있는 레이싱도 너무 재미있었다.

이곳은 내게 또 다른 온실이었다. 나한테 딱 맞는 온실. 나는 거기서 무럭무럭 자라날 수 있을 것 같았다.

"참, 전희가 요새 게임을 많이 한다던데요?"

오늘 모임의 주인공인 후명이네 엄마가 말했다. 분위기가 훅 처졌다. 후명이는 이 모임에서 유일하게 나랑 같은 반인 애다. 친하지는 않다. 매일 서로 비교당하는 대상이기 때문이다. 아줌마는 후명이가 전국 수학 올림피아드에서 동상 받은 걸 자랑하려고 모두에게 초대장을 보냈다. 자랑 안 해도 다 아는데 굳이.

"애들이니까요. 스트레스도 풀어 줘야죠."

엄마가 애써 침착한 표정을 지으며 대답했다.

"스트레스를 꼭 게임으로 풀어야 할까요? 애들 교양에 나쁜 영향을 줄 텐데."

후명이네 엄마가 작정하고 얘기하는 것 같았다.

"벌써 반에 소문이 다 났더라고요. 전희가 학교에 오면 게임 얘기만 하나 봐요. 그것도 좀 폭력성이나 모방성이 높은 걸 한다고······."

"한창 그럴 나이잖아요. 안 그래요?"

엄마가 내 어깨에 손을 올리며 웃었지만 아무도 따라 웃지 않앉다.

"전희 엄마, 우린 아이들 취미도 관리해 주는 그룹이에요. 서로서로 좋은 영향만 주면서 자랄 수 있도록. 잘 알고 있죠?"

다른 엄마들이 이번에는 홍홍홍, 하고 점잖게 웃었다. 후명이네 엄마는 와인 잔에 묻은 립스틱을 손가락으로 부드럽게 한 번 문지른 다음 무릎에 놓인 냅킨에 우아하게 그 손을 닦았다.

나는 엄마가 내게 한 것처럼 엄마 허벅지를 살짝 꼬집었다. 하지만 엄마의 옆모습을 보니 머리끝까지 화가 났다는 걸 알 수 있었다. 엄마 얼굴이 붉게 물들었다.

"다 전희 미래 생각해서 이러는 거잖아요. 우리 모임에 계속 들어오려면, 협조해야죠."

아줌마가 마지막 킥을 넣었다.

다른 엄마들이 목각 인형처럼 똑같이 고개를 끄덕였다. 후명이가 나를 보며 소리 없이 웃었다. 입속에서 달팽이가 으스러졌다.

그날 엄마는 컴퓨터, 노트북, 태블릿, 휴대폰과 휴대용 게임 기기, 칩들, 피시방에 갈 돈이 든 현금 카드까지 모조리 압수했다.

하지만 그 밤, 더 참지 못한 건 나였다. 나는 엄마 차 열쇠를 훔쳤다. 엄마가 상상해 본 적 없는 내가 되었다. 시동 버튼을 누르고 기어를 넣고 핸들을 꺾으며 지상 주차장을 빠져나가 4차선을 달렸다. 12시가 넘어서 점멸등으로 바뀐 신호등이 많았다. 쌩쌩 달려도 눈앞을 막는 게 없었다.

나는 엄마가 나를 태워 주던 등굣길의 익숙한 도로를 달렸다.

바다가 보고 싶지만 바다가 어디 있는지 알 수 없었다. 10분을 달리는 동안 아무도 나를 막지 않았다. 라디오에서는 평화로운 심야의 음악만이 흘러나왔지만 내 몸에서는 흥분이 치솟고 있었다.

학교 앞 골목으로 핸들을 꺾을 때 아차 싶었다. 브레이크를 밟고 핸들을 꺾어야 했는데 달려오던 속도 그대로 핸들을 돌린 것이다. 레이싱에서는 드리프트를 할수록 레벨이 올라갔는데, 현실은 아니었다.

사이렌 불빛이 가까이 다가왔다.

차가 담벼락을 긁으며 찌그러지는 소리가 들렸다.

나는 고글을 벗으려고 손으로 얼굴을 더듬었다. 하지만 아무것도 잡히지 않았다. 후명이네 엄마가 가장 오랫동안 예방 교육을 해 주는 곳이라며 어떤 캠프를 추천했고, 우리는 로얄 패밀리 모임에 두 번 다시 들어가지 못했다.

또 다시 이상한 밤

우리는 하드캐리를 매수했다. 조건은 나와 요셉슈타인 몫으로 남은 컴퓨터 사용 시간 20분 중에 10분을 주는 것이었다. 요셉슈타인과 내가 5분씩 양보하기로 했다. 이건 승진이 무리한테 강

제로 빼앗기는 내 시간이나 노력과는 다른 것이었다. 내가 원해서, 우리를 위해 스스로 생각해 낸 것이다. 태블릿 광고를 클릭한 것이 미안한 탓도 컸다. 나는 키보드를 두드리는 맛이 사라진 것이 아쉬우면서도 그런 용기를 낸 내 자신이 뿌듯했다.

"엄크는 어떤 방을 찾고 있다고 했어. 밤마다 그 방을 찾아서 몰래 다닌다고. 그러니 새로운 열쇠가 나타났다는 말에 덥석 미끼를 물 거야."

요셉슈타인이 하드캐리에게 말했다.

"네가 고깔이 떨어뜨린 열쇠를 하나 주웠다고 해. 서바이벌 게임 할 때 고깔들 정신없었잖아. 그때 이상하게 생긴 열쇠를 하나 주웠는데, 엄크한테 판다고 해. 엄크는 열쇠라면 무조건 거래할 거야."

"알았어."

"게다가 이번 미션으로 받은 카드 덕에 코코콜라 부자가 되었으니까 핑크색으로 하나 달라는 조건 정도는 들어줄 거야."

"핑크 콜라가 최고야. 흰색은 이제 시시하지 않아?"

하드캐리가 눈을 빛내며 말했다.

"핑크에 보라 섞어서 먹으면 하늘을 날아다니게 될걸?"

내 말에 하드캐리가 완전히 넘어간 것 같았다.

"동짓달 사건 때문에 옥상 문 열려 있던 건 들켰어. 거긴 이제 잠겨 있을 테니까, 새벽 3시 30분쯤에 창고 옆 계단으로 불러내."

지난번 관리자가 순찰을 돌던 시간도 피해야 했다.

"뒷일은 우리가 알아서 할게."

"좋아."

우리는 더 이상 섞어 마실 수 있는 음료가 없었기 때문에 뜬눈으로 밤을 새웠다. 코코콜라끼리 섞어 먹으면 에너지 부스터나 다름없을 텐데 아쉬웠다.

"아아……."

알거지가 휴지통 안에 든 빈 캔들을 하나씩 꺼냈다. 우리는 알거지의 그다음 행동을 보고 경악했다. 알거지는 캔 안에 남은 음료를 한 방울이라도 마시기 위해 입을 쩍 벌리고 캔을 톡톡 두드리고 있었다.

"더러워. 하지 마."

"정신 차려."

"와 이카노?"

요셉슈타인이 알거지 손에서 캔을 빼앗았다. 알거지는 며칠 굶은 노숙자처럼 힘이 없었다. 콜라, 콜라 하며 노래를 불렀다. 심심한 슬로맨이 종이에 콜라를 쓱쓱 그린 뒤 그걸 원통 모양으로 둘둘 말아 알거지에게 건넸다.

"코코콜라 쏴아아-."

그러자 알거지가 종이 캔을 들고 꿀꺽꿀꺽 먹는 시늉을 했다.

"맛이 갔어, 다들."

나는 고개를 젓다가 골똘히 생각에 잠긴 요셉슈타인을 툭 쳤다.

"넌 뭘 계속 보고 있는 거야?"

요셉슈타인은 코코콜라 캔을 뚫어져라 보고 있었다.

"우리가 매일 먹었던 '코코콜라' 말이야."

"그게 왜?"

"여길 봐. 왜 이걸 몰랐지?"

캔 아랫부분을 가리키며 요셉슈타인이 말했다.

"코코콜라 본사가 어딘지 알아?"

요셉슈타인은 흥미로워하는 표정이었다. 나는 도대체 그게 무슨 의미가 있는 건지 하나도 알아듣지 못했다. 카더라도, 슬로맨도, 알거지도 다 어리둥절한 표정이었다. 코코콜라 회사를 알아서 뭐 하나? 맛있게 먹기만 하면 되지.

"렐크 게임 회사가 소속된 그룹이 LK잖아."

요셉슈타인이 말했다.

"그거야 알지."

그러자 요셉슈타인이 코코콜라의 정보 표기에 적힌, 'LK'라는 글자를 보여 주었다.

"여기, '판매처 코코음료, 고객상담 LK 본사'라고 적힌 거 보여?"

정말 그랬다. 집중해서 보자, 깨알같이 작은 글자로 LK라고 적힌 글자가 나타났다. 그나마 그 글씨는 아무도 눈여겨보지 않을 아래쪽에 전혀 눈에 띄지 않는 회색으로 희미하게 새겨졌다.

"응? 콜라 회사랑 게임 회사가 같은 곳이라고?"

알거지가 콜라 캔을 뚫어져라 보며 말했다.

"코코콜라 본사가 LK야? 거기서 도대체 콜라를 왜 만드는데?"

슬로맨이 물었다. 요셉슈타인은 "글쎄……." 하며 고개를 저었다.

"편의점에서 코코콜라 살 때마다 렐크 포인트 적립해 줬잖아. 그것도 둘이 같은 회사여서 그랬나 봐."

내가 말했다.

"그냥 콜라보 한 건 줄 알았는데."

"나도."

"둘이 관련 있을 줄은 생각해 본 적도 없어."

초코빵을 사면 빵 봉지 안에 든 스티커에 새겨진 번호로 포인트를 모아서 게임 아이템을 사게 해 주는 프로모션도 있었다. 어떤 덕후가 계산을 해 봤는데 그 포인트로 살 수 있는 것 중에 가장 좋은 아이템인 '황금 갑옷'을 가지려면 초코빵 870개를 먹어야 한다는 결론이 났다. 프로모션 기간은 한 달뿐이었는데도.

거기에 비하면 코코콜라 프로모션은 자주 진행되어 인기가 높았다. 난 용돈이 부족해서 많이 못 사 먹은 탓도 있고, 할머니 휴대폰으로 아이템을 사는 것에 맛 들어서 필요 없기도 했지만, 다른 애들은 종종 코코콜라를 사서 포인트를 알뜰살뜰히 모았다.

렐크 게임에 나오는 유일한 어린이 캐릭터인 '별님 반'의 궁극기가 다시 떠올랐다. 한 손에는 아이스크림을, 다른 손에는 콜라를 들고 있다가 동시에 입에 넣으면 마치 화염을 뿜듯이 거대한 콜라 거품이 튀어나온다. 트림 소리와 함께 그 노랗고 끈끈한 거품 대포에 맞으면 5초간 스턴이 걸리고, 물속 깊은 곳에서 걷고 있는 것처럼 1분간 동작이 아주아주 느려진다. 온몸에 묻은 찐득한 거품 때문에 세척제 아이템을 구해 씻기 전까지는 꼼짝도 못하는 셈이다. 방어하는 입장에서는 짜증이 나지만, 반대로 공격하는 입장에서는 성문을 열기 위해 달려갈 수 있는 시간을 벌 수 있다.

"별님 반이 콜라 공격을 하는 이유가 다 코코콜라 때문이었어?"

"흠. 렉크에 중독된 애들을 모아 놓고 렐크 본사에서 파는 코코콜라를 준다? 뭘까, 이게?"

"게임 중독에서 벗어나기 위해 만든 곳이잖아, 여긴."

게임에 중독되지 않은 유일한 참가자인 알거지가 말했다. 그렇지, 하고 요셉슈타인이 혼잣말처럼 대답했다.

"뭐. 그냥 맛있게 먹으라고 주는 거겠지. 다 필요 없으니까 그냥 콜라나 먹게 해 줘. 마음껏. 콜라가 가득한 수영장에서 수영하고 싶다고."

슬로맨이 다 귀찮다는 듯이 말하면서 드러누웠다. 나는 그런 슬로맨을 다시 힘겹게 일으켰다. 내 입에서 끙 소리가 절로 났다. "너 살 좀 빼." 하고 중얼거리자 슬로맨이 "콜라 살이야." 하며 몸에 더 힘을 주어 누우려고 했다.

"쉿!"

요셉슈타인이 신호를 보냈다.

스피커에서 또 다시 코코콜라는 맛있어요, 슈슈슉 하며 방송이 나왔다. 아주 가느다랗게 들리는 소리여서 집중하지 않으면 아예 없는 소리라고 해도 믿을 것 같았다. 콜라를 마실 수 없는데 방송을 반복해서 들으려니 금단 증상이 더 심해지는 것 같았다. 갑자기 뭐든 때려 부수고 소리를 지르면 나아질 것 같기도 했다. 나는 주먹을 꽉 쥐고 허벅지에 벅벅 문질렀다.
"뭐야, 이게?"
슬로맨이 고개를 갸웃거렸다.
"모두 잠든 밤에 이런 소리가 반복해서 나와."
내가 대답했다.
"왜?"
우리가 대화를 나누자 소리가 조금 작아진 것 같았다.
"그걸 모르겠어. 우리 엄청 이상한 캠프에 와 있는 거 같아."
요셉슈타인이 뱉은 말에 우리는 잠시 얼어붙었다. 요셉슈타인이 이상하다고 하면 정말 이상한 곳인 게 맞는다는 믿음이 있었다. 우리는 그 아이의 말이라면 뭐든지 신뢰했다.
"우리를 어디 팔아넘기는 걸까?"
알거지의 말에 다들 피식 웃었다. 우리는 서로를 찬찬히 살펴보았다. 어디를 보내도 쓸 만한 몸들이 아니었다. 할 줄 아는 거라고는 게임뿐인 우리를, 콜라 중독에 게임 중독인 우리를, 사회성도 떨어지고 친구도 별로 없는 우리를 어디에 쓸 수 있을까. 사회에서 낙오나 안 되면 다행이다.

손잡이를 두 번 살짝살짝 돌리는 소리가 났다. 하드캐리의 신호였다. 우리는 10분 정도 더 방송을 들으며 기다렸다.

"나가자."

요셉슈타인이 손짓을 했다.

"오케이."

우리는 발소리를 죽이며 창고 옆 계단까지 올라갔다. 조금이라도 부스럭거리는 소리가 들리면 앞서가던 요셉슈타인이 멈춘 채 손바닥을 올려 주의를 주었다.

계단을 절반쯤 오르자 하드캐리와 엄크가 속삭이는 소리가 띄엄띄엄 들려왔다.

"하드캐리, 네가 가진 열쇠부터 보여 줘."

엄크의 소리가 들렸다. 엄크가 캔 따는 소리도 났다. 녀석이 꿀꺽꿀꺽 콜라를 마시는 소리에 알거지가 금방이라도 튀어 나갈 듯 몸을 앞으로 숙였다. 나는 알거지의 옷깃을 살그머니 잡아당겼다.

"알았어."

우리는 캔 뚜껑에 신발 끈 자른 걸 연결해서 열쇠처럼 보이는 걸 만들어 하드캐리에게 건넸었다. 하드캐리는 그걸 어둠 속에서 얼핏 보여 주며 감질나게 연기하고 있었다.

"고깔 바지……에서 나온 게 확실해?"

엄크가 또 콜라를 몇 모금 마시느라 말을 잠시 멈추었다가 물었다.

"응, 고깔들이 생각보다 허술하잖아. 쌍둥이들은 저번엔 바지 지퍼도 안 잠그더라. 정신없나 봐."

그 말에 엄크가 큭큭 웃었다. 세 명의 고깔만으로 열다섯 명의 날뛰는 남학생들을 다 관리하는 건 무리이긴 했다. 대장 고깔은 소리만 버럭버럭 지르고 손가락으로 지시 내리는 일을 주로 했다. 아이들을 관리하느라 이리 번쩍 저리 번쩍 날뛰는 건 주로 쌍둥이 고깔이었다. 모범생이나 우등생과는 주로 거리가 먼, 규칙을 똥으로 아는 우리 같은 아이들이 열다섯이나 되니, 고깔들이 나날이 늙어 가는 모습을 보는 것도 재미있었다.

특히 쌍둥이 고깔은 대장 고깔이 옆에 있으면 눈에 띄게 목소리가 작아지고 허둥지둥했다. 그럴 때마다, 농사 미션을 하던 날 고깔들이 크게 혼나던 소리가 떠올랐다. 캠프가 무사히 끝나면 쌍둥이 고깔들은 '정직원'이 될 수 있는 걸까. 우리가 이렇게 콜라로 몰래 거래를 하고, 창고에 가서 우리만의 즐거운 시간을 가지는 걸 알게 된다면 고깔들은 어떻게 되는 걸까. 나는 쌍둥이 고깔들의 얼굴이 고깔 색으로 새파랗게 변하는 장면을 상상했다.

"자, 핑크 콜라."

하드캐리가 콜라를 받은 그 순간, 카더라가 엄청나게 빠른 반응 속도로 몸을 날려 엄크를 덮쳤다. 나는 카더라가 하늘을 날아가는 줄 알았다. 그 바람에 엄크가 들고 있던 코코콜라 캔이 바닥에 나뒹굴었다. 끈적끈적한 핑크색 액체가 사방에 튀었다.

나는 알거지가 그걸 핥아 먹지 않기를 바라며 일단 카더라를 거들어 엄크를 제압했다.

"왜 이래?"

엄크가 눈을 동그랗게 뜨고 두 손을 가슴에 모았다. 나는 저 순진하게 겁먹은 표정에 속지 않겠다고 마음먹으며, 엄크 손에서 가짜 열쇠를 빼앗아 재빨리 내 주머니에 넣었다.

카더라가 엄크를 일으켜 세우자 녀석이 비틀거리며 중심을 잡았다. 쏟아 버린 핑크색 콜라를 아쉬운 듯이 바라보더니 우리를 차례대로 노려보고는 한숨을 푹 쉬었다.

"엄크 넌 몰래 다니는 게 취미야?"

"또 자판기 열쇠를 찾아 밤마다 헤매는 거냐?"

엄크는 고개를 저었다.

녀석은 이미 코코콜라를 하루에 일곱 캔씩 먹는다는 소문이 돌았다. 급식을 먹을 때에도 물 대신 코코콜라를 마셨다. 밤낮으로 자판기 앞에 살다시피 하는 것 같았다. 그러면서도 교육 시간을 칼같이 지키고 조교들의 말에 절대복종했다. 뒤로는 스파이 짓을 하고 다닌다는 걸 아무도 몰랐다. 녀석은 어쩌면 우리에 대한 정보를 누군가에게 넘기고 콜라를 얻었을지도 몰랐다.

"모니터 연결선 네가 가져갔지? 어디다 뒀어?"

"내한테 함 맞아 볼끼가?"

우리는 엄크를 둘러싸고 으르렁거렸다. 페인트 총알을 날리던 때가 그리워졌다. 이 얄미운 녀석 때문에 코코콜라를 굶어야 했다. 그 맛있고 독한 콜라를.

"연결선만 주면 순찰 돌기 전에 네 방으로 보내 줄게."

어차피 여우 같은 이 녀석한테 다른 협박은 먹힐 리 없었다. 가짜 열쇠는 증거물도 되지 않을 것이고 지난번처럼 출처 모를 빈 캔이 쌓여 있는 것도 아니었다. 무엇보다 우리는 고깔에게 본체 열쇠를 반환하게 될까 봐 두려워서 몸을 사리는 중이었다. 나는 엄크가 우리의 이런 사정을 손바닥 보듯 훤히 알고 있을 거라는 생각이 들었다.

슬로맨과 요셉슈타인이 엄크의 주머니를 뒤졌지만 핑크 콜라 하나 외에는 아무것도 없었다.

"나랑 협상하자."

훔친 주제에 협상이라니. 나는 코웃음을 쳤다.

"그건 우리가 정당하게 찾은 열쇠로 쓰는 거야. 너같이 몰래몰래 문 따고 다니는 거랑은 다르다고. 고깔들도 쓰라고 인정한 거고. 너한테 우리를 방해할 권리는 없어. 어서 내 놔."

"협상 내용이 뭔지 들어 보지도 않고?"

엄크가 나를 뚫어져라 보았다.

"너 같은 여우 새끼랑은 딜 안 해."

나는 강하게 밀고 나갔다.

"잠깐만 내 말 좀 들어 봐."

"뭘? 빨리 모니터 선 내놓기나 해. 우리는 너랑 다른 할 얘기 없어."

엄크가 그걸 쉽게 내놓을 리 없다는 생각이 들면서도 우리는 엄크를 벽으로 몰아붙이며 압박을 주었다. 하지만 엄크는 믿는 구석이 있는지 당당하게 굴었다.

"너희는 이상하다는 생각 안 해 봤어?"

엄크가 당당하고도 진지한 표정으로 말했다. 그 기세에 눌려 우리는 잠시 멈칫했다.

영상 교육을 보거나 이상한 방송을 번갈아 듣는 동안 이 캠프의 정체가 이상하다는 생각이 든 건 나도 마찬가지였다. 그래서 선뜻 엄크의 말에 반박하지 못하고 머뭇거리는 동안 요셉슈타인이 괜히 헛기침을 하더니 엄크를 떠보았다.

"너 무슨 헛소리를 하는 거야? 아무것도 모르면서 지금 이 위기를 벗어나려고 그러는 거지?"

엄크 앞에 선 요셉슈타인은 키가 껑충 더 커 보였다.

"나만큼 여길 잘 파악하고 있는 사람이 어디 있겠어. 나는 이곳의 비밀을 알고 있어. 날 믿어 봐."

엄크가 우리 눈치를 살살 보더니 비굴하게 웃으며 말했다. 요셉슈타인과 나는 엄크가 우리 중 누구보다 이곳을 잘 알고 있다는 말에는 동의할 수밖에 없었다. 엄크가 알고 있는 '비밀'이 무엇일지, 점점 궁금해지기 시작했다. 우리가 동요하는 것을 약삭빠른 엄크는 금세 눈치챘다. 그 아이는 천천히 가슴을 펴더니 당당하게 말했다.

"내가 그걸 알려 줄 테니까, 너희는 내 계획에 동참해 주는 거

어때?"

"계획이라니?"

"일단 비밀부터 알려 줘."

"모니터 선도 내놓고."

"그건 걱정하지 마. 너희가 나를 이렇게 붙들고 있는데 모니터 선으로 내가 뭘 당장 할 수 있겠어?"

"그건 그렇지만……."

우리가 마구 몰아세우던 기세가 조금 누그러지자 엄크의 목소리에 더 힘이 들어갔다.

"일단 날 따라와 봐! 비밀을 듣고 나서도 생각이 달라지지 않으면 그때는 내가 받아들일게!"

엄크가 옷매무새를 다듬더니 손짓을 했다.

우리는 얼떨떨하게 서 있다가 서로 눈짓을 주고받은 다음, 엄크를 따라나섰다. 엄크는 일 층으로 내려간 뒤 '여성' 스티커가 붙어 있어 아무도 쓰지 않는 화장실로 들어갔다. 그러더니 창문으로 우리를 이끌었다. 앞으로 돌려서 이음새에 거는 잠금장치를 몇 번 흔들자 거짓말처럼 그것이 분리되었다.

"내가 며칠 동안 밤마다 흔들어서 잠금장치를 고장 내 놨어. 티도 안 나."

엄크는 우리가 생각한 것보다 훨씬 용의주도한 아이였다.

우리는 알거지에게 망을 보라 한 뒤 차례차례 창문 밖으로 빠져나갔다. 엄크는 첫 번째 미션을 치렀던 드넓은 밭 한 귀퉁이로 우리를 데려갔다. 비닐하우스가 본관으로부터 시야를 완전히 가려 주는 곳이었다.

괴괴한 분위기에 어둠까지 묵직하게 내려앉아 여름밤 같지 않았다. 사방이 캄캄해서 우리는 어둠에 눈이 익을 때까지 기다려야 했다.

"뭘 하게?"

내가 물었지만 엄크는 아무 말 없이 웅크려 앉았다. 돌멩이 세 개로 표시해 둔 어딘가를 파기만 했다. 그러자 나무판자 같은 것의 모서리가 비죽 드러났다. 엄크는 조금 더 파서 글자 하나를 보여 주었다. 'L'이라는 글자였다.

"이게 뭔데?"

엄크의 눈에서 촛불처럼 뭔가가 일렁거리는 게 보였다. 호기심과 욕심이 뒤죽박죽이 된 불꽃이었다.

"첫 번째 미션이 있던 날. 옥상에 버려진 현판 조각 하나를 봤어. 원래는 천막 같은 것에 덮여 있었어. 벽돌 몇 개로 꾹 눌러 놓은 파란 천막이었지. 고깔이 순찰 도는 낌새여서 그 안에 숨으려고 다가갔어."

"그랬는데?"

"그날 바람이 많이 불었잖아."

달이 구름 속으로 빠르게 들어갔다 나왔다 하던 날이었다.

"천막이 젖혀지더라고. 그 안을 유심히 봤는데, 공사 폐자재 같은 것 안에 뭐가 하나 있었어. 급하게 치운 흔적 같아서 유심히 봤거든."

"그게 이거라고? 이건 그냥 알파벳이잖아."

슬로맨이 코웃음을 쳤다.

엄크가 땅을 조금 더 파자 현판이 모습을 드러냈다.

"LK 본사 신입 사원 제14 수련원이라는 글자야. 영어 대문자랑 숫자만 빼고 다 한자로 적혀 있어."

"LK?"

어째서 LK를 여기서 다시 보게 되는 거지? 의아했다. 잠시 생각에 잠겼던 요셉슈타인의 얼굴이 순간 창백해졌다.

"그럼, 여기가 원래?"

엄크가 고개를 끄덕였다.

"본사에서 운영했던 수련원인 거 같아. 직원들 교육하는 곳 말이야. 한동안 폐원되었던 게 분명해. 그런데 갑자기 캠프장으로 쓰게 되면서 현판이며 스티커 같은 걸 급하게 치운 흔적이 남은 거지."

모두 입을 떡 벌리고 아무 말도 못했다. 그럴 리가. 여긴 분명 게임 중독 중학생을 위한 교육 캠프라고 했는데. 게임 본사에서 중독 캠프를 운영하다니, 엄크가 뭘 잘못 알아도 크게 잘못 안 것 같았다.

여기 오던 첫날 차 안에서 정장 남자 둘이 나누던 대화가 문득 머릿속을 스쳐갔다. 그들은 원래의 캠프장에 어떤 문제가 생겨 폐쇄하게 되는 바람에 급하게 장소를 변경한다는 공지를 전화로 받고 당황했었다. 그렇게 바뀐 장소가 바로 이곳이었다. 쌍둥이 고깔이 매뉴얼을 숙지하지 못했다는 이유로 대장 고깔에게 크게 혼날 때에도 급하게 투입된 탓이라고 변명하는 말을 들었었다.

"그 현판을 내가 여기 숨겨 놨어. 알다시피 동짓달 때문에 옥상이 폐쇄됐잖아. 고깔들이 동짓달을 의심했던 거 같아. 옥상에서 뭘 봤는지 며칠 동안 추궁했겠지. 거기에는 분명 더 많은 증거 자료가 있었을 테니까."

나는 다시는 옥상에 누워 밤하늘의 찬란한 별들을 볼 수 없다는 게 왠지 아쉬웠다. 여우 같은 엄크와 함께한 시간이었는데도 이상하게 그 밤이 그리울 때가 많았다. 아마 좁은 공간 안에 실험용 쥐들처럼 갇혀서 뱅글뱅글 도는 게 미칠 것 같이 답답한 탓인지도 모른다. 동물원 철창 안에 사는 원숭이의 기분을 알 것 같았다.

"뭔가 이상한 일이 벌어지고 있어."

엄크의 말을 가만히 듣고 있던 요셉슈타인이 입을 열었다. 절벽 같은 바위산에서 밤새가 날카로운 소리로 울었다.

"엄크 네 말대로라면 게임 회사에서 왜 게임 중독 학생을 위한 캠프를 여는 거야?"

슬로맨이 물었다.

"만약 게임을 잘하는 애들을 모으고 싶은 거라면 그냥 렐크 홈페이지에서 단기간에 레벨이 올라간 애들을 모집하면 되잖아?"

슬로맨이 대답을 기다리지도 않고 다시 질문을 했다.

"아니지. 잘 생각해 봐. 게임 회사에서 아이들을 직접 찾아가서 일일이 만날 수 없어. 찾는 것도 일이지만, 소문이라도 나면 큰 일이잖아. 개인 정보 유출 문제도 있고 병 주고 약 준다고 난리겠지."

엄크의 설명을 듣고 보니 그도 그랬다. 게다가 게임을 정말 좋아하고 잘하는 아이들 중에는 어른들의 주민 등록 번호로 가입해서 시간제한 없이 하는 경우가 많다. 렐크 본사에서 회원 정보만으로 중학생을 골라내기는 어려웠을 것이다.

그렇다 하더라도······.

"우리를 모아서, 뭘 하는 거지?"

머리가 터질 것 같았다. 코코콜라 한 캔만 원샷하면 이 모든 일에서 훨훨 벗어날 수 있을 텐데.

"우리가 여기서 배운 게 있나?"

카더라가 말했다.

"게임하지 말라는 말은 아무도 한 적이 없지 않아?"

슬로맨이 목소리를 낮추며 말했다.

생각해 보니 그랬다. 뉴스 기사도 보고 게임 중독에 관한 동영상도 봤지만 고깔모자들은 게임을 하지 말라고 한 적이 없었다. 게임의 해로운 점에 대해 배우지도 않았다. 오히려 게임하는 동영상을 자주 봤다. 우리는 그게 다 중독성을 평가하는 과정이라고만 생각했다. 볼 때마다 환호하고 즐거워했고, 시청이 끝나면 게임 이야기를 하느라 시간 가는 줄 몰랐다. 그런 뒤 코코콜라를 마셨다. 그렇게 2주가 지나갔다.

"여기 더 있다가는 모두 게임 중독 대신 콜라 중독이 될 거야. 우리는 실험 대상인 거 같아. 난 그걸 확인하고 싶었어."

콜라 얘기를 듣자 콜라를 마시고 싶어질 뿐이었다. 엄크가 왜 이렇게 음모에 집착하는지 알 수 없었다. 스파이 게임에 중독이라도 된 것일까.

"지금 금단이 제일 심한 애가 엄크 너잖아."

"그래야 의심을 안 받지. 고깔들은 아마 한 캔도 먹지 않는 요셉슈타인을 주목하고 있을 거야."

내 말에 엄크가 웃으며 대답했다. 엄크의 눈이 쓸쓸해 보였다. 엄크는 손끝을 떨었지만 목소리만큼은 차갑고 건조했다.

"그럼, 아까 네가 말한 계획이라는 건 뭔데?"

내가 물었다.

"보건실에 들어가는 걸 도와줘."

"그냥 아픈 척하면 되잖아."

사실 이런저런 이유로 보건실에 가려고 시도했던 아이들 중 성공한 사례는 없었다. 고깔들이 약통에서 맛없는 약들을 꺼내 누군가와 통화 후 몇 알씩 먹이는 게 전부였는데 그마저 꾀부리던 아이들은 먹으려 하지 않았다. 동짓달만 유일하게 이틀간 격리되다시피 했다. 하지만 동짓달은 이미 좀비로 분류될 만큼 퀭한 눈으로 렉크 게임에 나오는 효과음만 반복해서 흉내 내고 다녔다.

아무도 동짓달과 제대로 소통할 수 없으니 보건실에 대해 물어볼 수 없었다.

"혼자 할 수 없어서 그래. 난 사실 하드캐리와 둘이 해결해 보려고 했지만 그 작전은 철회했어. 더 많은 사람이 필요하거든."

"혼자 할 수 없다니 무슨 소리야? 보건실에서 뭘 한다는 건데?"

슬로맨이 물었다.

"철봉이랑 요셉슈타인 너희 둘이 지난번에 찾던 그 이상한 소리, 보건실에서 나오는 거야. 거긴 분명 뭔가 있어. 나는 그걸 확인하고 싶어."

"너도 다 듣고 있었던 거구나?"

엄크는 방에서 어떤 소리도 들은 적이 없다고 딱 잡아떼었었다. 언제나 방을 나와 복도를 돌아다니기 때문에 방송에 귀를 기울인 적이 없다고 순진하게 말하던 그 표정이 떠오르자 엄크를 믿고 싶지 않아졌다. 하지만 이상하게도 나는 엄크와 있으면 녀석이 미우면서도 녀석이 하는 말이 모두 진심처럼 들렸다. 그건 아마 엄크에게는 나한테 없는 뭔가가 있기 때문일 거였다. 나는 그게 '목표'와 '실행'이라는 생각이 들었다. 수단과 방법을 가리지 않고 뭔가를 향해 직선으로 나아가고 있었다.

나는 탈출하고 싶다는 생각이 간절하면서도 누구에게도 그 마음을 드러내지 않고 마음속으로 와드핑만 찍어 댈 뿐인데 엄크는 달랐다.

"보건실에서 뭔가를 확인하고 싶다고? 도대체 왜?"

"너 뭔가 더 알고 있는 거지, 그렇지?"
"엄크 니가 더 수상하다 아이가."
"도대체 뭘 위해서 이렇게 하는 건데?"
다들 엄크를 둘러싸고 아무 말이나 퍼부었다. 엄크는 한참 말 없이 현판 위에 흙을 덮어 그것을 감추더니 고개를 들어 말했다.
"형을 위해서야."
나는 엄크의 목소리에 눈물이 섞여 있다고 느꼈다. 별똥별이 떨어지는 옥상에서 엄크가 말한 게 생각났다. 평생 형을 이겨 보는 게 소원이었다던 말, 그런데 이미 형은 엉망이 되어서 그 소원은 소용이 없다던 말.

엄크는 화장실 창문을 넘은 뒤, 우리 방으로 모니터 선을 가져다주겠다며 위층으로 올라갔다. 우리는 엄크를 따라 계단을 올라갈 힘도 없었다. 방으로 돌아오자 몸이 바닥으로 흐물흐물 무너져 내리는 것 같았다. 나는 이층 침대의 아래 칸에 털썩 몸을 던졌다.
엄크가 땅을 파던 모습, 현판에 적혀 있던 알파벳과 숫자, 한자들, 이 모든 걸 우리와의 협상에 이용하려고 모니터 선을 훔친 엄크의 큰 그림이 하나씩 퍼즐처럼 맞춰지면서 새삼 엄크가 똑똑하다는 생각이 들었다.
잠깐이라도 눈을 붙여야겠다고 생각하며 습관처럼 손을 뻗어 베개 아래로 가져갔다. 손끝이 허전했다. 있어야 할 것이 없었다.

온몸에 전기가 찌릿 통하는 것 같았다.

"없어!"

내가 소리를 지르자 다들 몸을 벌떡 일으켰다.

"열쇠가, 열쇠가 없어!"

베개 아래 감추어 두었던 열쇠가 감쪽같이 사라졌다.

요셉슈타인과 나는 눈이 마주치기 무섭게 복도로 달려나가 계단을 올라 창고 문을 열었다.

하드캐리가 우리를 밀치며 밖으로 튕겨 나가다 고꾸라졌다.

"미안! 엄크가 시킨 거야!"

하드캐리는 온 힘을 다해 뛰쳐나갔다.

우리는 하드캐리를 붙잡을 틈도 없었다. 창고 안, 미처 끄지 못한 모니터 화면에는 보낸 메일함이 열려 있었다.

형, 14 수련원, 사흘 뒤 7시 와드핑. 1시[+]. 세이렌 요정이 노래할 때.

"뭐야, 이게? 게임 얘기인가?"

"누구한테 보낸 거지?"

주소를 보니 bbb_men01@bamail.net이었다. 어딘가 익숙한 아이디 같은데 평소에 이메일을 보낼 일이 없어서 그런지 기억이 떠오르지 않았다. 수수께끼 같은 메일 내용은 짧은 암호 같았다.

"우리 시간이 다 사라졌어."

"하고 싶은 게 정말 많았는데."

벽에 걸린 시계는 야속하게도 00:00의 숫자에 멈춰 있었다. 하드캐리가 급하게 메일을 보내자마자 시간이 딱 멈춘 것 같았다.

한 번도 써 보지 못한 나와 요셉슈타인의 시간이 통째로 날아가 버리다니, 믿을 수 없었다. 우리가 10분 동안 뭘 할지 캐묻고 예상하고 기대하던 팀원들의 얼굴이 떠올랐다. 나는 1분 단위로 다섯 개 이상의 화면을 어떻게 분할해서 띄운 뒤에 몇 배속으로 볼 것인지를 계획하는 게 코코콜라 마시는 것 다음의 행복이었다.

바닥이 지하로 푹 꺼져 버린 것만 같았다.

"하드캐리랑 엄크랑 짠 판에 우리가 걸려들었어."

요셉슈타인이 말했다.

우리가 엄크를 따라 밭에 가 있는 사이, 하드캐리가 우리 빈방을 뒤져 열쇠를 찾아내도록 엄크가 지시했을 것이다. 엄크가 알려 준 곳에 가서 연결선을 찾은 다음 20분을 실컷 누리며 컴퓨터를 쓴 것이다. 우리가 제시한 것보다 두 배의 시간을 쓸 수 있으니 얍샵한 하드캐리가 거절했을 리 없다.

대신 엄크가 얻은 것은 뭘까.

나는 멈춰 있는 화면을 노려보았다.

"엄크 이 자식을……."

그때였다.

딸깍.

창고 문이 등 뒤에서 닫혔다.

나는 요셉슈타인이다

찐 양배추, 데친 브로콜리, 콩자반 등이 담긴 접시가 식탁을 채우고 있다. 아빠가 메주를 직접 담가 만든 된장국에 유기농 보리차, 디저트로 먹을 귤 반쪽과 들기름 한 스푼도 빠지지 않았다. 얼른 이 저녁 식사를 다 먹어 치우고 새벽이 오기만 기다려야겠다. 숨겨 둔 과자를 개봉할 시간만을.
"독소를 빼야지. 그래야 건강하게 오래 살아."
"브로콜리는 미국 타임지에서 선정한 10대 슈퍼 푸드 중 하나야. 꼭 먹어야 해."
"들기름엔 불포화 지방산이 엄청 많이 들어 있어. 피를 맑게 해 주니까 맛없더라도 꾹 참고 먹어. 알았지?"
아빠는 반찬을 하나하나 가리키며 설명을 곁들인다. 이제는 효능을 외울 지경인데도 마치 처음 말해 주는 것처럼 자세하게.
엄마는 아빠가 '오소렉시아'라고 했다. 그건 건강 염려증 환자랑 비슷한 건데, 너무 먹는 것에 엄격하고 식단을 계획적으로 짜는 사람을 말하는 거였다. 아빠는 식단으로 나를 괴롭히고 고문하는 것 같았다. 소금 간을 거의 안 해서 뭘 먹어도 싱거웠다. 심지어 백숙을 먹을 때조차 소금을 못 넣게 했다.
"음식 자체에 나트륨이 있어. 굳이 소금을 안 쳐도 돼."
아빠는 조금도 물러서지 않았다.
"그냥 맛있게 먹으면 안 돼요? 한 끼라도 제가 먹고 싶은 걸

로요."

"안 돼. 순간의 선택들이 모여서 네 자신이 되는 거야. 식습관이 얼마나 중요한지 몰라서 그래?"

"스트레스받는다고요."

"너, 크면 나한테 감사하게 될걸?"

아빠가 어깨를 으쓱하며 말했다.

"먹고 싶은 거 해 주시면 지금부터 감사할게요."

"거절할게. 아빠가 해 주는 밥 이외의 모든 밥은 다 정크 푸드야."

매일 반복되는 이 다툼을 보며 엄마가 한숨을 푹 쉬었다. 엄마는 더는 아빠를 말릴 생각도 없다. '건강에 좋은 것을 자식에게 먹인다'는 천하무적의 논리 앞에서는 어떤 말도 소용없기 때문이다.

대신, 몰래 과자를 사 주는 것도, 아빠가 한눈 판 사이 국에 소금을 더 넣어 주는 것도 언제나 엄마였다. 물론 들키면 아주 큰 말싸움이 벌어진다.

이게 다 내가 태어날 때부터 몸이 아파서 생긴 강박 증세다. 나는 엄마 뱃속에서 두 달이나 일찍 나왔다. 신생아 집중 치료실에서 석 달을 살고 퇴원했는데, 엄마, 아빠는 그동안 나를 한 번도 꼭 안아 보지 못했다.

아빠는 변호사라는 직업을 내려놓고 오로지 나에게 인생을 바쳤다. 내 손이 닿는 모든 것을 소독하고, 내 입에 들어가는 모든 음식에 유기농 재료를 썼다. 심지어 비닐 기저귀 대신 천 기저귀를 쓰고 매일 그걸 삶았다. 방마다 공기 청정기를 두고 습도와 온도를 잰 뒤 가습기나 보일러를 조정했다. 식기는 벌레가 미끄러질 정도로 닦고 자외선 살균기에 넣었다. 몸에 작은 발진이라도 돋는 날엔 아빠는 육아 일기에 온통 스스로를 자책하는 말들을 적었다.

나는 그렇게 컸다. 온실 속의 화초 정도가 아니라, 살균기 속의 숟가락처럼 자랐다. 키는 또래보다 훨씬 더 컸지만 아빠 눈에는 여전히 인큐베이터 안에 든 작은 갓난아기였다.

집 밖으로 나가 노는 것도 당연히 아빠 눈을 피해서 해야 했다. 미세 먼지 지수가 보통만 되어도 아빠는 나를 밖에 보내지 않았다. 중학교에 올라가면서 홈스쿨링은 끝났지만 달라진 건 없었다. 수학여행도 야영도 체험 학습 신청서를 내고 집에서 보내야 했고 헬멧과 보호대를 착용하겠다고 해도 자전거나 스케이트를 타지 못하게 했다. 자연스럽게 친구들이 떨어져 나갔다.

그런 탓에 집에서 할 수 있는 건 게임뿐이었다. 아빠가 소독해 준 키보드는 걱정과 감시에서 비교적 자유로운 몇 안 되는 물건 중 하나였다.

난 게임에 탁월한 재능이 있었다. 내가 가진 모든 정신적 에너지를 다 쏟아부으며 스트레스를 풀었다. 렐크 캐릭터들이 가진 장단점을 이해하고 전투 전략을 짜는 게 전혀 어렵지 않았다. 상대가 무슨 무기를 고를지, 어떤 지점에서 힘이 빠질지, 팀원이 얼마나 버텨 줄지 머릿속에서 자동으로 계산이 되었다. 순간적인 판단력을 발휘했을 뿐인데 언제나 정확하게 적의 급소를 찔렀다. 이래라저래라 계획을 세우고 나를 조종하는 사람이 없는 창조적인 세상에서 나는 신이 된 기분이 들었다.

마침내, 성인을 포함해 최단기간에 최종 단계인 마스터 레벨에 오른 사람이 되었다. 닉네임 그대로 '전설의 나요셉'으로 불렸고 게임 천재라는 별명도 생겼다. 내가 누구인지를 추측하는 기사와 블로그 글을 읽으면서 뿌듯했다. 나를 따라하느라 '전설의 요셉1'부터 '전설의 요셉999'까지 닉네임이 만들어졌고, 팬클럽이 생겼다. 하지만 어떤 크루나 길드에도 가입할 수 없었다. 챔피언전에 나갈 능력이 있어도 그걸 발휘하는 건 불가능했다.

사람들은 그게 다 신비주의 전략인 줄 알지만 사실은 아빠가 허락하지 않아서 못 가는 거였다.

게임 회사에서는 나를 스카우트하려고 안달이 났지만, 내가 예스라고 할 수 없는 것도 당연했다. 나는 게임 회사로 탈출해 버리고 싶었다. 아이돌 연습생보다 더한 합숙 기간과 혹독한 훈련만 있다는 악명 높은 LK여도 괜찮았다.

그러던 어느 날이었다. 아빠가 딸기를 사러 고령으로 떠난 틈에 엄마가 내게 "너, 방학 동안만이라도 집 나가서 살아 볼래?" 하고 물었다. 물어보나 마나였다. 나는 세차게 고개를 끄덕였다. 단 하루라도 벗어나고 싶었다. 음식 고문과 소독 냄새와 외로운 스터디에서 해방될 수만 있다면, 당연히 오케이였다.

"하지만 어떻게요? 장소만 알면 아빠가 금방 쫓아오실 걸요."
"학부모 면회가 일절 금지된 캠프가 있어."
"그래도 반대하면요? 아빠 성격 알잖아요."
"한 번 사인하면 되돌릴 수 없는 캠프래."
희망의 빛이 번쩍, 하고 정수리에 꽂혔다.
"그런 게 있어요?"
"이거야."
엄마가 건넨 것은 '렉크 게임 중독 학생을 위한 위플러스 캠프 참가자 모집!'이라 적힌 팸플릿이었다.
"네가 매일 하던 게임이 이거 아냐?"
엄마가 게임 이름을 알 줄은 몰랐다. 얼마 전 회사에서 누군가가 자기 아이를 보내려고 프린트해 둔 것을 우연히 봤다고 한다. 게임 중독 캠프든 해병대 캠프든 상관없었다.
어차피 마스터 레벨을 찍었으니 더 올라갈 레벨도 없고 내 전설을 따라올 수 있는 사람도 안 보였다. 나는 여유롭게 조금 쉬어도 될 것이다. 마스터 레벨이 가진 특수한 권한 중에 '홀딩' 제도가 있어, 시간이 지난다 해도 레벨이 쉽게 떨어지지 않도록 막을 수 있었다. 나 같은 전설적인 게이머가 다른 게임으로 갈아타지 못하도록 막는 일종의 전략이 분명했다.
"내가 아빠한테 절대 장소를 말해 주지 않을게. 엄마만 믿어 봐."
"괜찮겠어요?"

내가 사라진 걸 알면 아빠는 불안한 마음 때문에 엄마와 매일 크게 다툴 게 뻔했다.
"이건 사실 엄마가 정말 원하는 것이기도 해."
"정말요?"
"엄만 한 남자를 잃어버린 것만 같거든. 아빠랑 단둘이 여행가 본 게 언제인지도 모르겠어. 저 걱정병 걸린 남자를 이번 기회에 내가 어떻게든 고쳐 볼게. 엄마한테도 이게 마지막 기회야."
"마지막 기회요?"
"아빠한테도 마지막 기회지."

엄마는 비장한 말투로 말했다. 엄마는 어쩌면 내가 없는 동안 아빠와의 관계에서 어떤 결단을 내리고 싶은 건지도 모른다. 나는 늘 아빠의 뒤에서 내게 말없이 응원의 눈빛만 보내 주던 엄마가 사실은 오랫동안 아빠를 참아 왔다는 걸 이제야 깨달았다.

엄마는 참가 동의서에 시원하게 서명해 주었다. 아빠는 방학하는 날까지 모르는 일이었다. 어쩌면 아빠에게도 이번 기회에 나와 떨어져 지내는 것이 좋을지도 모른다. 나는 아빠가 나 대신 엄마한테 집중하고 엄마와 많은 시간을 보낼 수 있기를 바랐다. 우리 가족 모두에게 딱 필요한 시간이 펼쳐지길 기대했다.

형을 위해서야

엄크의 코에서 코피 두 줄기가 흘렀다.

나는 요셉슈타인의 주먹 쥔 손을 붙잡았다. 나무토막처럼 단단한 주먹이었다. 키만큼 팔이 길쭉해서 단 한 번 주먹을 휘둘렀는데도 멀찍이 있던 엄크의 코에 정확히 닿았다. 엄크는 반격조차 못 하고 벌러덩 자빠졌다.

"잠깐만……."

엄크가 엉거주춤 일어나더니 셔츠로 피를 닦았다. 다행히 코뼈가 부러지지는 않은 모양인지 피가 덩어리째 흐르지는 않았다. 원하는 만큼 레벨을 올리지 못했을 때 승진이가 휘두르거나 던진 것에 맞아 봤던 터라 피만 봐도 알 수 있었다.

"너 하드캐리랑 짜고 이런 거야? 뻔뻔하게 여길 네 발로 찾아 와? 우리 놀리려고 일부러 온 거야? 미친 거 아냐?"

요셉슈타인이 이렇게 분노하는 모습은 본 적이 없었다. 요셉슈타인의 머리 꼭대기에 있는 건 언제나 엄크뿐이었다. 녀석은 아마 조장으로서 엄크한테 계속 당하기만 한 우리를 책임지고 싶은 마음일지도 몰랐다.

"집단으로 나를 손보려고 한 건 너희잖아. 하드캐리가 다 말해 주던데. 1 대 5라니 치사하게."

하드캐리 그 아이를 믿는 게 아니었다. 하드캐리는 우리보다 엄크가 건넨 조건에 더 혹했던 것이다. 우리가 역으로 당한 셈이었다.

요셉슈타인과 나는 엄크와 대치하듯 서 있었다. 엄크는 요셉슈타인의 주먹을 두 손으로 잡고 있는 나를 보더니 안도하는 표정을 지었다. 그런 뒤 하드캐리에게 모니터 연결선을 건네고 우리가 본체 열쇠를 가졌다는 사실을 알려 주었다고 털어놓았다. 엄크의 작전에 휘말려 우리 모두가 방을 비운데다 엄크를 따라 본관 밖으로 나가 있었던 탓에 하드캐리는 아무 제지 없이 마음껏 방을 뒤질 수 있었던 것이다.

대신 엄크는 자신의 형한테 메일을 하나 보내는 조건을 달았다.

"내가 직접 메일 보낼 생각도 해 봤지만, 너희를 다 유인할 수 있는 건 역시 나뿐이니까 다른 방법이 없었어. 하드캐리가 열쇠를 찾고 나면 내가 컴퓨터 쓸 시간을 남겨 놓을 거라고 믿을 수도 없었지."

엄크는 성큼 걸어와 모니터의 전원을 껐다. 나는 그 기세에 눌려 옆으로 슬쩍 비켰다. 00:00을 가리키는 디지털시계의 빨간 숫자만이 벽을 비추다 그것마저 어둠 속으로 사라졌다.

"엄크 넌 도대체 정체가 뭐야? 너 고깔들의 앞잡이인 거 아니야?"

나는 요셉슈타인을 붙잡은 채 말했다.

고깔 앞에서는 순종하고 고깔 뒤에서는 혼날 짓만 골라서 하는 엄크의 이중적인 모습에 우리는 모두 혀를 내두르는 중이었다.

"그건 아니야."

엄크가 단호하게 말했다. 마치 큰 모욕이라도 당했다는 듯한 투였다.

"너 렐크 중독자도 아니지? 영상 교육 때 네가 팀원들이랑 토론하는 걸 들은 적이 있어. 실력이 그저 그렇던데? 넌 도깨비들이 수풀에서 싸움 붙다가 감투를 써서 사라질 경우 그걸 무효화하는 아이템도 헷갈려 했어."

요셉슈타인의 관찰력도 누구 못지않았다. 도깨비감투를 무효화하는 건 지하 세계 만신 캐릭터가 올라타서 춤을 출 때 쓰는 칼이다. 한쌍으로 된 시퍼런 칼. 만신은 그 칼 위에서 방방 뛰며 몸을 흔든다. 효과음으로는 짤랑짤랑 방울 소리가 나는데 으스스한 분위기를 풍겨서 나는 그다지 좋아하지 않는 캐릭터다. 하지만 도깨비를 만신으로 커버하는 걸 모르는 아이는 절대 중독자일 리가 없다.

"그래. 렐크 할 줄은 알지만 중독자는 아니야. 난 너희랑 달라."

"그럼 여긴 왜 온 건데?"

내가 물었다.

"알고 싶은 게 있어서 자발적으로 신청서를 냈어. 보호자 서명은 형이 대신해 줬고."

엄크는 팔짱을 꼈다.

"스파이가 되는 게 네 꿈이냐? 너 혼자 무슨 FBI 게임 속에서 사는 거 아냐?"

요셉슈타인이 비웃었다. 엄크는 정말 스파이가 되는 게 가장 어울릴 것 같았다. 잔꾀를 쓰는 방식이나 정보를 모으는 능력, 상대의 전략을 파악하고 대응 전략을 재빨리 짜서 성공하는 것 모두 스파이가 되기에 충분한 자질이었다. 거기에 더해 잦은 배신에도 자기방어 능력을 갖추기까지 했다.

"……."

"이게 네가 말한 협상이라는 거야? 보건실 전략에 우리를 끌어들일 때는 언제고, 한 시간도 안 돼서 네 말을 다시 뒤집는 거야?"

엄크가 아무 말이 없자 요셉슈타인이 계속 쏘아붙였다.

"이러면 우리는 너한테 협조할 수 없어."

나도 슬쩍 단호한 척 말을 얹었다.

엄크는 우리가 할 반박까지 미리 계산해 둔 건지 당황하지도 않았다. 나는 엄크의 머릿속에 어떤 지도가 펼쳐져 있을지 궁금했다. 엄크는 언제나 나를 끌어당기는 힘이 있었다. 나는 여기 오기 전까지는 다른 아이들 머릿속이 궁금하지 않았다. 내 또래 아이들 머리에는 똥만 가득 차 있다고 믿었다.

"들어 봐. 여기에서 중증으로 분류되면 캠프는 계속 연장돼. 우리를 중증 중독자로 만드는 건 아주 쉬운 일일 거야. 학교나 집에서는 언제나 이런 캠프를 환영하잖아. 우리는 얼마든지 여기에 계속 묶여 있을 수 있다는 얘기야."

"웃기지 마. 또 무슨 헛소리를 하려고 판을 짜는 거야? 게다가 연장되든 말든 난 상관없어. 난 집으로 돌아가는 것보다 여기 있는 게 더 낫거든."

요셉슈타인이 반박했다. 연장되어 여기 더 갇혀 있는 게 어째서 상관없다는 건지 어이가 없었다. 역시 독특한 녀석이었다.

"난 아니야, 나갈래. 하루라도 빨리 탈출하고 싶어. 중증 치료 같은 건 받고 싶지 않아."

연장이라니 그건 있을 수 없는 일이다. 나는 이미 캄캄한 창고 속에서도 앞이 더 캄캄해지면서 아득하게 내 몸과 마음이 멀어지는 것 같은 절망을 느꼈다.

"어른들이 지금 우리를 본다면, 관리자들 말을 믿을 수밖에 없지."

엄크는 아랑곳하지 않고 말을 이었다.

그랬다. 우리는 조금도 나아진 게 없기 때문에, 오히려 더 산만해지고 더 자주 흥분하고 더 많이 불안해했기 때문에 어쩌면 추가 교육을 받는 것에 모두가 찬성할지도 몰랐다. 하지만 엄크는 이 모든 것을 어떻게 다 알고 있는 걸까?

"나요셉."

엄크가 요셉슈타인을 올려다보았다.

"너는 무조건 중증 중독자로 분류될 거야. 네가 누군지 모르는 관리자는 없어. 모두 너의 전설을 알고 있다고."

"어쩌라고?"

요셉슈타인은 물러서지 않았다.

"그게 진짜야? 아니지? 엄크 너도 그냥 우리 겁주려고 하는 말이잖아."

나는 시꺼먼 어둠의 늪에서 허우적거리는 기분으로 말했다. 엄크가 지푸라기라면 엄크라도 붙잡아야 했다. 엄크는 방법을 알고 있는 게 분명했다.

"사실 우리 형이 이 캠프 출신이야. 게임을 잘했지. 방학마다 캠프에 갔고 그때마다 교육이 연장되고 다시 연장되었어. 주말마다 특수 추가 교육을 받았어. 결국 형은…… 게임 감옥에 갇혔어. 성인이 되자마자 말도 안 되는 계약서에 사인까지 했으니까."

"계약서?"

"그래. 형은 그때 너무 피폐하고 제정신이 아니었다고 했어. 하지만 소용없었어."

엄크가 갑자기 목소리를 낮추더니 요셉슈타인을 쏘아보았다. 어둠 속에서도 두 눈에 불꽃이 일렁이는 것이 느껴졌다. 엄크의 몸이 활활 타오르는 것 같았다. 에어컨도 없는 창고 안이 요셉슈타인의 분노와 나의 호기심, 엄크의 비밀로 후덥지근하게 달아올랐다.

"이 얘기를 하고 싶어서 온 거야. 요셉슈타인, 너도 그렇게 될 거라고."

"뭐?"

그때 밖에서 어떤 소리가 들려왔다.

"벌써 순찰 시간이야."

요셉슈타인이 속삭였다. 우리 셋은 창고 벽에 붙어 한마디도 하지 않았다. 슬리퍼를 질질 끌며 누군가 지나갔다. 지익, 탁. 지익, 탁. 반복되는 소리가 커졌다가 작아지며 완전히 사라졌다.

나는 엄크와 요셉슈타인 사이에 서서 둘의 숨소리를 가만히 들었다. 요셉슈타인은 화를 삭이고 있는지 입으로 날숨을 천천히 뱉었고, 엄크는 왠지 울음을 꾹 참고 있는 것 같았다.

형을 위해서야.

엄크가 했던 말이 다시 떠올랐다.

세 번째 미션

"세 번째 미션! 주제는 렐크 캐릭터 표현이다. 렐크에 나오는 캐릭터의 특징을 가장 잘 표현한 조가 이긴다. 필요한 재료는 관리실에 와서 받아 간다. 24시간 동안 준비한 뒤 내일 점심시간 전에 강당에서 발표할 것."

방바닥에 멍하게 누워 있는 동안 같은 내용의 방송이 세 번 되풀이되었다. 아무도 일어날 생각을 하지 않았다. 아침에 시청각 교육을 받고 드디어 맛본 검은색 코코콜라의 충격에서 벗어나지 못했다. 황홀할 정도로 달콤하고 차갑고 강했다. 히말라야 꼭대기까지 단숨에 올랐다가 썰매를 타고 미끄러지는 것만 같았다. 가장 센 에너지 드링크보다 몇 배는 더 강한 게 분명했다.

우리 모두의 눈을 만화로 그렸다면 나선형 소용돌이가 돌고 있었을 것이다.

"이긴 팀에게는 석 달 동안 유효한, 코코콜라 이용 무제한 카드를 하나씩 준다. 수련원의 자판기에서뿐만 아니라, 전국 모든 편의점에서 쓸 수 있다."

이층 침대에 누워 있던 슬로맨이 천장에 머리를 턱, 박는 소리가 들렸다.

"우리 카드에 얼마 남았지?"

밤새 잔고도 없는 카드를 들고 자판기에 부질없이 대 보던 알거지가 물었다. 가장 심각한 중독 증세를 보이는 게 알거지였다.

"빵 원."

나는 가혹하게 들릴 만큼 단호하게 말했다.

"엄크 작전은 그대로 하는 거지?"

슬로맨이 물었다.

"응."

"우리가 도와주면 콜라도 준다 캤나?"

카더라도 헛소리를 하기 시작했다. 며칠 잠을 설친 우리에게는 콜라만이 유일한 각성제였다. 그러나 그 효과는 가파르게 절벽을 타고 뚝뚝 떨어지는 중이었다.

"아니."

여기서 나가게 해 준다고 했다. 그 방법은 알려 주지 않았다. 일단 보건실에 들어갈 방법만 알려 주었다. 아이들은 메딕의 정체를 밝힐 생각에 들떠서 다른 건 다 잊어버린 것 같았다.

요셉슈타인과 나는 엄크와 나눈 대화를 아이들에게 전하지 않았다. 대신 엄크가 말했던 보건실 진입 작전을 그대로 수행하기로 했다고만 했다. 본체는 하드캐리에게 10분을 주고 요셉슈타인과 내가 각 5분씩 게임 영상을 보고 나서 끝났다고 거짓말을 했다. 슬로맨, 알거지, 카데라가 어떤 영상을 어디에 띄워 놓고 무엇을 보았느냐고 꼬치꼬치 물어서 진땀을 뺐다.

본체에 꽂혀 있던 클로버 모양 열쇠를 보여 주자 아이들은 우리 말을 믿어 주었지만, 컴퓨터를 쓸 때 함께 보지 못한 것에 대해 내내 아쉬운 소리를 했다.

사실대로 말했다면 아이들이 엄크와 하드캐리를 가만히 두지 않을 것이고, 그러면 엄크의 계획은 실패할 수밖에 없었다.

나와 요셉슈타인은 서로 눈이 마주칠 때마다 말없이 몇 초간 있었다. 나는 그동안 아무 말을 나누지 않아도 대화를 나눌 수 있다는 걸 배웠다. 어둡고 불안하고 짜증 나고 피곤하며 흥분되고 짜릿한 마음을 몽땅 한 덩어리로 만들어서 수제비 반죽처럼 뚝뚝 뜯어 던지는데도 마음이 작아지지 않았다.

우리는 비장하게 조별로 모여 서 있었다. 코코콜라 카드가 걸린 미션이었다. 나는 탄산이 입천장을 뚫어 버릴 것 같은 자극을 주는 검정 코코콜라를 마시고 싶었다. 얼음은 없지만 이 캠프를 빠져나가기만 한다면 차갑게 얼린 유리컵에 얼음을 가득 채우고 콜라를 부어 진득한 거품과 함께 단번에 삼킬 것이다.

천사조 아이들이 먼저 발표했다. 별님 반 캐릭터를 흉내 낸 것이었다. 엄크가 짧은 머리를 양 갈래로 묶고 커다란 황금별이 그려진 종이를 등에 붙였다. 우리는 그 모습을 보고 거품보다 먼저 웃음을 뿜어 댔다.

"오, 엄크의 희생정신!"

"핼러윈이냐?"

"콜라 중독자 엄크한테 딱이네!"

비아냥거리는 아이들도 많았다.

엄크가 입안에 아이스크림을 넣고 콜라를 마신 뒤에 거품을 뿜자 엄크 앞에 있던 아이가 냄비 뚜껑으로 거품 폭격을 피했다. 엄크가 다른 아이를 향해 한 번 더 콜라 거품을 뿜었다. 그러자 그걸 맞은 아이가 동작을 멈추더니 스턴이 걸린 연기를 했다. 콜라 폭탄의 강도가 조금 약했기 때문에 갈색 종이를 한가득 뜯어 상자째 뿌리는 것으로 부족한 걸 보완해서 그럴 듯하게 보였다.

폭탄 맞은 아이가 슬로 모션으로 천천히 팔다리를 움직이는 모습을 보고 아이들이 깔깔 웃었다. 멀리 서 있던 또 다른 아이가 달려오면서, 세척제 아이템 대신 양동이에 든 비눗물을 냅다 부었다. 느리게 움직이던 아이가 센서가 고장 난 장난감처럼 갑자기 몇 배나 빠른 손놀림으로 온몸을 부산하게 닦아 냈다. 머리와 몸을 흔들면서 콜라를 털어 내는 모습이 너무 우스웠다. 고깔들이 흐뭇하게 웃으며 점수를 매겼다.

무사조 아이들은 베이킹 소다와 구연산을 페트병에 넣어 흔들었다. 그 안에 크레파스를 갈아서 만든 노란 가루가 있었다. 페트병을 바닥에 던지자 미리 만들어 둔 틈새가 벌어지면서 폭발하듯 노란 액체가 튀어나왔다. 제우스의 궁극기인 번개를 흉내 낸 것이었다. 드라큘라 분장을 한 아이는 망토를 휘두르며 그걸 피해 다니는 시늉을 했다. 다른 아이는 황금박쥐가 되어 노랗게 칠한 지우개를 던지며 뛰어다녔고 또 다른 아이는 커다란 검정 비닐을 잘라서 머리카락처럼 만들고 눈썹을 굵게 그려 포카혼타스인 척했다. 천사족, 무사족, 해골족 캐릭터들을 다양하게 표현했지만 정신이 없어 보였다. 유치원생들의 크리스마스 연극을 보는 것처럼 산만하기만 했다. 모두 우우우 하고 야유를 보냈다.

드디어 우리 차례가 되었다. 우리는 아무런 분장을 하지 않은 채 가방 하나만 들고 있어 아까부터 아이들이 힐끔힐끔 보았다.

"해골조, 발표를 시작해라."

대장 고깔이 말했다.

우리는 가방에서 고깔 모양 모자를 세 개 꺼냈다. 카데라, 나, 슬로맨이 하나씩 그걸 썼다. 알거지는 가방을 들고 요셉슈타인 옆에 섰다.

"저희는 고깔 요정을 표현했습니다."

아이들이 웅성거렸다.

"그게 뭐야?"

"그런 것도 있어? 난 본 적 없는데?"

"아, 난 들어 본 적 있어. 무슨 레벨인가 넘어야 된다던데."

"조용히!"

고깔들이 소리를 지르자 모두 입을 다물었다.

"고깔 요정은 화이트 다이아 레벨부터 나오는 도우미 캐릭터입니다. 실제로 도움이 될지 말지는 게이머가 잘 판단해야 하지만요."

내가 말했다. 고깔들의 눈썹이 올라갔다.

"요정들은 세 가지 질문에 답을 합니다. 하나는 백 퍼센트 진실, 하나는 백 퍼센트 거짓, 하나는 농담입니다."

슬로맨이 말했다.

"이제 질문을 시작합니다."

카더라가 긴장한 얼굴로 또박또박 뱉었다. 우리는 카더라의 올록볼록한 억양에 익숙한데 다른 조 아이들은 카더라의 말을 따라 읊으며 재미있어했다.

"이 캠프가 열린 목적은 무엇입니까?"

알거지가 물었다.

카더라가 볼에 손가락을 대고 빙그르르 세 바퀴 돌았다. 그러고는 한 손으로 고깔을 벗고 고개를 숙여 인사했다. 이 모든 동작은 요셉슈타인이 알려 주었다.

"요정의 대답! 게임에 중독된 아이들이 렐크 게임에서 벗어날 수 있는 방법을 알려 줍니다. 캠프에서 나가는 순간 여러분은 렐크를 잊고 열심히 공부하게 됩니다. 이 캠프는 여러분의 미래를 위해서 존재합니다!"

'백 퍼센트 거짓'

"뭐야, 하나도 재미없어."

하드캐리가 투덜거렸다.

"24시간 동안 뭐 한 거야, 너희는?"

"요셉슈타인이 게임만 잘하고 저런 머리는 안 돌아가나 봐."

"입으로만 할 거면 아무나 하겠다. 그렇죠, 고깔 님? 상은 저희 주세요!"

다들 어리둥절한 표정이었다. 도대체 뭐 하는 거야? 하는 얼굴로 우리를 바라보았지만 우리는 웃음을 감추고 진지한 표정으로 발표를 계속했다.

"다음 질문을 시작합니다."

카더라의 말에 알거지가 여전히 가방을 든 채 두 번째 질문을 던졌다.

"깊은 밤에 왜 우리에게 속삭이는 거죠?"

우리는 고깔들의 표정을 살폈다. 그들은 굳은 얼굴로 우리를 바라보기만 했다. 아이들은 짜증을 내고 있었다. 천사조는 벌써 자기들이 이긴 양 좋아했다.

"나도 새벽에 화장실 가려고 일어났다가 무슨 소리 들었는데.

지직지직 이런 소리."

"난 꿈에서 들었는데."

"환청 아니야? 큭."

아이들이 수런거렸다.

나는 볼에 손가락을 대고 빙그르르 세 바퀴 돈 뒤에 고깔을 벗고 말했다.

"요정의 대답! 톡-싸아아-코코콜라는 맛있어요-황금박쥐 똥이닷-꺄아- 꺄아-내 죽음을 적에게 알리지 마라-둥둥둥둥 투투투투 파바바바박-세 시엔 아름다운 꿈을 꾸니까요!"

'백 퍼센트 농담'

대장 고깔의 턱 근육이 움찔거렸다. 엄크만 빼고 다른 아이들은 여전히 무슨 소린지 모르겠다는 표정이었다. 엄크가 슬그머니 뒤로 물러나 강당 구석의 어디론가 달려가는 것이 보였다. 고깔들은 우리에게 정신이 팔려 그 녀석을 말릴 생각도 못 하는 것 같았다.

"마지막 질문을 시작합니다."

카더라가 말했다.

"우리는 어른들의 실험 대상입니까?"

요셉슈타인이 마지막 질문을 던졌다. 그사이 엄크가 요셉슈타인의 등 뒤에 섰다. 슬로맨이 아까와 똑같은 동작을 한 뒤에, 고깔모자들이 서 있는 곳으로 성큼성큼 걸어갔다.

"대답을 기다립니다."

슬로맨은 마치 고깔들에게 대답을 요구하는 것처럼 당당하게 굴었다.

고깔들이 부리부리한 눈으로 슬로맨을 내려다보았다. 하지만 표정은 불안해 보였다.

"우리는 LK의 충성스러운 고객이 될 것입니다. 그것이 LK가 바라는 것이죠!"

'백 퍼센트 진실!'

그때 엄크가 약속대로 요셉슈타인의 등 뒤에서 쪼개진 현판을 들었다. 'LK'라 적힌 부분만 떼어 온 것이었다. 엄크는 강당에서 세 번째 미션을 한다는 방송을 듣고 밤새 요셉슈타인과 둘이 현판을 쪼개어 옮겼다. 요셉슈타인은 그걸 건네받은 뒤 '이게 뭘까요?' 하듯 순진무구한 표정으로 고깔들을 보았다.

대장 고깔의 표정이 굳었다. 대장 고깔이 쌍둥이 고깔들을 노려보자 두 사람은 바로 고개를 숙였다.

"저게 뭔데 저래? 엄크는 왜 저기 끼어들었어?"

"무슨 나뭇조각을 가지고 와서 뭐 하자는 거야?"

"쟤들은 저걸 나무로 만들었나 봐. 왜 저래. 진짜 이상한 애들이다."

카더라, 나, 슬로맨은 고깔을 벗고 세 바퀴를 빙그르르 돌았다. 그런 뒤 허리를 숙여 인사하고 뒷걸음질로 물러났다.

"하나는 진실, 하나는 농담, 하나는 거짓! 이제 선택만 하면 되네!"

요셉슈타인이 게임을 할 때처럼 허공에 대고 키보드를 누르는 시늉을 했다. 그런 뒤 씩 웃으며 고깔들을 바라보았다.

우리가 준비한 건 그게 전부였다. 분위기가 썰렁해졌다. 하지만 우리는 쌍둥이 고깔들이 두 손을 깍지 낀 채 끊임없이 혀로 입술을 핥는 것을 보았다. 대장 고깔의 뺨이 파르르 떨리는 것도 놓치지 않았다.

다른 조 아이들만이, 서로 자기 조가 이겼다고 환호를 지르고 있었다. 가장 견제하던 팀인 우리가 이렇게 시시하게 대충 미션을 끝낼 줄은 몰랐던 것이다.

하지만 우리에게는 결코 시시하지 않은 미션이었다. 고깔의 반응을 떠보고 싶었기 때문이다. 아이들이 웅성거리고 수런거리며 만든 분위기가 물결처럼 퍼져서 어디까지 번져 가나 보고 싶었다. 그래야 고깔들이 우리 눈치를 보게 될 거니까.

우리가 어디까지 알고 있는지 몰라서 불안하겠지만 겉으로 드러낼 수도 없게 만드는 것. 그게 우리의 어설프지만 최선을 다한 전략이었다.

나름대로 우리는 그걸 '심리전'이라고 생각했다. 고깔들이 우리에게 그러했듯이.

"오늘 점심 메뉴 뭐예요?"

나는 일부러 더 해맑게 고깔에게 물었다.

고깔들은 서로 얼굴을 마주 보며 고개를 젓기만 할 뿐이었다.

메딕의 정체

밥을 먹으며 고깔모자들을 살폈다. 쌍둥이 고깔들의 두 뺨이 벌겋게 부풀어 올라 있었다. 아마 우리 조가 던진 세 가지 질문이 그들을 흔들어 놓은 것 같았다. 하지만 고깔들은 티 내지 않으려고 애쓰고 있었다.

그들은 한 번도 밥 먹는 모습을 보여 준 적이 없었다. 식사 시간이 다가오면 음식을 실은 트럭이 급식실 앞에 도착한다. 고깔들은 그걸 우리에게 날라 주고 식사가 끝날 때까지 우리를 지켜보기만 했다.

노란 카레에 사과 샐러드, 잼 바른 빵 한 조각과 무슨 맛인지 알 수 없는 국이 테이블에 놓였다. 맞은편 테이블에는 엄크네 조가 앉았다. 무사조는 유치하기만 했던 자신들의 미션에 흠뻑 취해서 계속 그 이야기만 하느라 정신이 팔려 있었다. 재연하고 다시 흉내 내면서 까르르 웃다 말고 가끔 우리를 흘겨보며 아까의 미션에 대해 비웃고 무시했다. 하지만 우리는 그런 게 중요하지 않았다.

가장 중요한 우리만의 마지막 미션이 남아 있었기 때문이다.

요셉슈타인이 '지금이야' 하고 눈짓을 보냈다.

"아아아악, 배 아파, 배!"

나는 배를 잡고 몸을 웅크렸다. 꾀병 연기야 여러 번 해 봐서 익숙했다. 조퇴하고 집에 가서 게임을 하는 게 일상이었으니까.

때로는 승진이가 '점심시간에 나 좀 보자' 하면 정말 배가 아파서 데굴데굴 굴렀다.

"무슨 일이야?"

대장 고깔이 우리 쪽으로 고개를 돌렸다. 엄크가 나를 보더니 턱짓을 했다.

"우에엑!"

나는 카레를 먹다 말고 토해 냈다. 마치 입으로 똥을 뱉는 것처럼 역겨운 색깔과 냄새에 다들 기겁하며 일어났다.

"철봉이 너! 너 어제 콜라 몰래 마셨잖아! 그것도 섞어서!"

알거지의 말에 나는 짜맞춘 대로 고개를 끄덕였다.

"그러게 왜 콜라를 남겨 놨다가 마셨어? 상하면 어떡하려고!"

"몰라……. 우어억."

"식중독 아이가?"

"어제 코코콜라 맛 좀 이상했지?"

아이들이 바람을 잡았다. 다른 조 아이들의 얼굴이 굳는 게 보였다. 대장 고깔이 달려왔다.

"왜 그래?"

"몰라요. 어제 콜라를 너무 마셨……. 꾸엑!"

"철봉이 쟤 콜라 섞어 먹는 게 취미예요. 맨날 비율 연구해요."

"비율?"

"네, 보라색에 핑크 섞고, 검정 섞고. 연구원이 따로 없다니까요."

"119에 신고해야 하는 거 아니에요?"

알거지가 물었다.

대장 고깔이 고개를 저었다.

"가까운 병원은 한 시간 넘는 거리에 있는데······."

쌍둥이 고깔이 끼어들자 대장 고깔이 손을 들어 말을 멈추게 했다. 쌍둥이 고깔이 잔뜩 주눅 든 얼굴로 입을 다물었다.

"콜라를 그렇게 자주 먹게 내버려두면 어떡해요?"

"보건실에 데려가서 약 먹여야죠."

"철봉이 예전에도 토하다가 죽을 뻔한 적 있댔어요. 그렇지?"

그런 게 어딨냐, 하고 나는 알거지를 보며 눈에 힘을 주었다.

"우에엑."

우리는 미리 짠 대로 쌍둥이 고깔들을 공략했다. 차가운 돌덩어리 같은 대장 고깔은 우리의 소란을 잠재우는 데만 관심이 있는 것 같았다.

"일단 보건실로 데려가. 양 박사한테 지금 전화 걸어 놓을 테니."

대장 고깔이 휴대폰 화면을 바라보며 무뚝뚝하게 말했다.

"제가 부축할게요."

요셉슈타인이 내 등을 토닥이며 바짝 옆에 붙었다.

"다들 조용히 앉아 식사한다!"

대장 고깔이 외쳤다. 식당 안은 금세 조용해졌다. 식당 밖으로 나가며 엄크를 돌아보니 녀석은 벽에 걸린 시계를 보느라 카레

소스가 흰 셔츠에 뚝 떨어지는 것도 모르고 있었다. 이제 식당 안에는 쌍둥이 고깔 하나와 대장 고깔만 남았다.

보건실 앞에 이르자 심장이 콩닥콩닥 뛰었다. 그동안 한 번도 이 안에 가 본 적이 없었다. 혹시나 벌점을 먹거나 카드를 빼앗길까 봐 노심초사한 탓도 있지만, 동짓달의 상태가 나빠진 걸 보고 겁이 난 탓이 더 컸다. 보건실에 다녀오면 좀비가 된다는 게 모두의 공통된 생각이었다.

고깔이 "접니다" 하며 보건실 문을 노크했다. 철컥, 하고 잠긴 문을 여는 소리가 안쪽에서 들렸다. 그러고도 한참 뒤에나 문이 열렸다.

"들어와라."

나지막한 목소리가 흘러나왔다. 요셉슈타인이 나를 힐끔 바라보았다.

"남자야."

내가 속삭이자 요셉슈타인이 고개를 끄덕였다.

"양 박사님, 코코콜라를 먹고 이렇게 되었다는데 상태가 어떤지 좀 봐 주세요. 이런 경우는 처음이라."

고깔이 우리 등을 밀면서 말했다. 양 박사라는 사람이 서류들을 급하게 정리하다 말고 갑자기 동작을 멈추었다. 그제야 양 박사의 얼굴이 똑바로 보였다.

"콜라를 먹고?"

나는 멍하게 입을 벌린 채 고개를 끄덕였다.

저 사람이 메딕이라니. 환상이 모조리 깨졌다. 렐크에 나오는 메딕은 아나운서처럼 차분한 목소리로 말하는 금발의 천사다. 그런데 날개도 없고 머리카락도 없고 인정도 없어 보이는 아저씨가 단춧구멍만 한 눈으로 우리를 지그시 노려보고 있다니! 역삼각형 얼굴은 코브라처럼 생겼다. 집 탈출 게임에 나오는 사마귀가 연상되는 얼굴. 비쩍 마른데다 어깨가 딱 옷걸이 모양으로 축 처져서 흰 가운이 스르륵 미끄러져 내릴 것 같았다.

"그럴 리가."

메딕이 나를 의심스럽게 보았다.

"꾸에엑!"

나는 마침 고깔의 옷에 시원하게 토했다. 카레 냄새가 이렇게 독할 줄은 몰랐다. 고깔은 인상을 팍 찌푸리며 화장실로 달려갔다. 고깔이 문을 닫자 어딘가를 가린 휘장이 바람에 펄럭이며 그 안쪽이 보였다. 창고 같은 공간 안에는 약 대신 이상한 기계들과 모니터가 가득 있었다.

보건실 안에는 나와 요셉슈타인, 메딕뿐이었다.

나와 요셉슈타인은 보건실 안을 조심스럽게 살폈다. 엄크가 말한 대로였다. 여기는 테이블과 소파가 놓인 한쪽 공간만 보건실인 척하고 있는 곳이었다.

이런 데가 보건실이라니. 창문에는 암막 커튼을 쳐서 창밖이 하나도 보이지 않았다. 테이블에는 기계에서 나온 종이들이 수북하게 쌓여 곧 쏟아질 것처럼 보였다. 그 종이들에는 온갖 수학 기호와 그래프 같은 것이 어지럽게 적혀 있어 알아볼 수 없었다. 비커와 시험관, 유리로 된 실험 기구들이 빼곡했고 그 안에 콜라색 액체들이 제각각 다른 용량으로 담겨 있었다.

요셉슈타인이 나를 쿡 찔렀다.

"우에엑!"

이제는 묽어진 노란색의 침이 질질 흘러나왔다. 이런 건 알거지가 잘할 텐데. 다 내가 가위바위보에서 진 탓이다. 메딕이 내게 한눈파는 사이 요셉슈타인이 휘장을 슬그머니 걷었다.

"콜, 콜라를 언제 먹었지?"

"어제 새벽에요."

"몇 개나?"

"세 개 먹은 거 같아요."

헛구역질을 계속하다 보니 눈이 벌겋게 충혈되고 눈물이 그렁그렁 맺혔다. 침과 섞인 끈적한 카레는 내가 봐도 실감 났다.

"세 개까지는 괜찮을 건데. 우리가 그동안 알아본 바로는. 어디가 아픈 거지?"

'우리'라니. 누굴 말하는 거지? 요셉슈타인이 나와 눈이 마주쳤다. 나는 계속 하라는 눈짓을 보냈다.

"배랑, 목이랑, 머리 다 아픈데요. 기포 같은 게 장에서 터져 나올 것 같고요."

"뭐?"

"아프다니까요! 콜라 알레르기 생긴 거 같아요. 빨리 약 주세요."

다시 연기를 하면서 팔을 휘두르자 탁자에 놓인 종이 더미가 우르르 쏟아졌다. 코코콜라를 못 먹어서 그런지 몸에 힘이 없고 눈이 움푹 들어간 탓에 나는 누가 봐도 환자 같았다. 나는 종이 더미들을 발로 밟으면서 허리를 굽혔다. 그러자 박사가 벌떡 일어났다. 요셉슈타인이 그 앞을 요리조리 막았다. 나는 재빠르게 쏟아진 종이들에 적힌 글자를 읽었다.

'게임 중독 청소년을 대상으로 한 코코콜라 섭취 현황'
'코코콜라 간접 광고가 매출에……'
모니터 위로 몸을 숙이면서 가슴을 두드렸다.
'게임 내 코코콜라 이미지……'
그 위에 침을 질질 흘렸다.
'수면 중 코코콜라 이미지 세뇌 연구.'
"거기 그냥 내버려 둬!"
메딕이 모니터를 끄느라 분주하게 움직이며 소리쳤다.
"아니에요, 제가 치워 드릴게요."
나는 종이들을 정리하면서 표지를 한 번 더 봤다. 맑고 누런 침이 표지를 적셨다. 'LK 그룹' 로고가 표지마다 찍혀 있었다. '수석 연구원 양지찬 박사'라는 이름도 보였다.
이곳으로 오는 첫날, 검은 옷의 두 남자가 통화에서 말하던 이름이 생각났다. 그들도 양 박사가 뭔가를 지시했다고 말했다. 대장 고깔보다 더 위에 있는, 대장 고깔의 뺨을 때릴 수 있는 사람이라는 걸 눈치챘다.

"고깔! 화장실에서 그만 나와! 나 좀 도와줘야겠어!"

메딕은 슬리퍼를 끌면서 움직여 보건실 문을 열었다. 지익, 탁. 지익, 탁. 슬리퍼 윗면이 발바닥과 마찰하는 소리가 특징적이었다. 요셉슈타인이 휘장 너머에서 뭔가를 잔뜩 주머니에 쑤셔 넣고 나오더니 메딕의 슬리퍼를 가리켰다. 밤마다 계단을 올라와 복도를 순찰하는 사람의 슬리퍼 소리가 기억났다.

지익, 탁. 지익, 탁.

그건 어쩌면 순찰이 아니라 자판기의 콜라들을 검사하던 게 아니었을까.

"그냥 두라니까! 야, 너 좀 비켜!"

메딕이 돌아서자마자 요셉슈타인이 비키는 척하면서 나머지 서류들도 바닥으로 밀었다.

"이 녀석들이!"

그때 밖에서 요란하게 사이렌이 울렸다. 다들 잘하고 있어. 카데라가 화재경보기를 울린 것이다.

"불이야! 불이야!"

다다다 뛰어다니는 소리가 들렸다. 알거지가 보건실 문을 퍽퍽 치면서 문이 부서져라 노크를 했다. 모두의 혼을 빼놓는 소리였다. "얼른 대피하세요! 옥상으로! 옥상으로!" 하고 외쳤다.

"불? 불? 야, 고깔아! 옥상 열쇠 이리 줘!"

박사가 허둥지둥하며 아까 요셉슈타인이 있었던 창고 같은 공간으로 뛰어들었다. 산더미 같은 서류들 중 뭘 챙겨야 할지 몰라 우왕좌왕하더니 욕을 하며 황급히 흰 가운으로 머리를 감쌌다. 문틈으로 연기가 새어 들어왔다. 그 와중에도 프린터에서는 온갖 수치가 적힌 종이들이 계속 튀어나왔다.

박사는 소매로 입을 막고 복도로 뛰어나갔다. 우리도 뒤따라 나가는 척 부산하게 움직이며 박사의 혼을 쏙 빼놓았다. 문밖은 온통 부연 연기, 아니 여러 대의 소화기에서 쏟아진 분말로 가득했다. 텅 빈 복도에 흰 분말을 뒤집어쓴 카데라와 알거지, 슬로맨이 씩 웃다가 캑캑거렸다.

"얼른 들어와."

우리는 안에서 문을 잠갔다.

"이제 어떡할 거야?"

내가 요셉슈타인에게 물었다. 목구멍이 얼얼했다.

"도대체 무슨 짓이 벌어지고 있는 건지 알아내야지."

모두 고개를 끄덕였다.

"시간이 얼마 없는 거 아이가?"

"서둘러!"

우리는 서류들을 한가득 챙겼다.

"불이 났으면 정전부터 되었을 텐데. 박사면 뭐 하냐, 머리가 안 돌아가는데."

슬로맨이 비웃었다.

똑똑똑똑, 팡팡팡.

문 두드리는 소리가 들렸다. 엄크의 신호였다.

알거지가 문을 열어 주었다. 엄크는 흰 분말의 안개 속에서 산신령처럼 등장했다.

"역시 여기였어."

엄크가 감격한 듯 말했다.

"뭐 하고 있는 거야?"

엄크는 우리가 주머니에 쑤셔 넣고 바지에 끼워 넣고 한가득 안고 있는 서류들을 보더니 물었다.

"보건실에 자료가 있으면 다 챙겨 두라고 하지 않았어? 협상할 때 쓸 거라고."

내가 말했다.

엄크가 피식 웃더니 몸을 굽혀 테이블 아래로 들어갔다. 그러더니 연결된 선을 뽑은 본체를 번쩍 들어 올렸다.

"아."

슬로맨이 그걸 보더니 다른 본체도 분리해서 들었다. 카더라도 노트북을 챙겼다. 알거지는 아직 라벨이 붙지 않은 코코콜라 캔들을 주머니에 가득 쑤셔 넣었다.

"1시야."

엄크가 말했다. 우리가 어리둥절한 표정으로 바라보는 동안 엄크가 먼저 보건실 문을 열었다.

"내려가자."

사이렌 소리가 멎었다. 나는 걸음이 느린 슬로맨에게서 본체를 받아 들고 계단을 뛰어 내려갔다. 옥상과 식당에서 아이들이 떠드는 소리가 들렸다. 각자 가까운 곳으로 대피한 모양이었다.

"빨리."

나는 알거지가 콜라 캔을 따는 소리를 들으며 빨리 가자는 손짓을 했다.

"저 녀석들 잡아!"

박사가 외치는 소리가 들렸다. 우리와 함께 보건실에 갔던 쌍둥이 고깔도 "너희 뭐 하는 거야, 거기 서!" 하고 외치며 박사를 따라 내려오고 있었다.

본관 정문의 유리문을 온몸으로 밀었다. 팔이 빠질 거 같았다. 드라마나 영화에서는 이동식 저장 장치에 모든 자료를 순식간에 넣어서 재킷 주머니에 넣고 뛰던데 우리에게는 그런 사치가 허용되지 않았다.

"7시 방향 와드핑."

엄크가 운동장 대각선 방향을 가리키며 그쪽으로 뛰라고 말했다. 우리는 열심히 달렸지만 엄크의 굳은 표정을 보고 같이 굳어 버렸다.

"왜 안 왔지? 메일을 못 본 걸까."

엄크가 탄식했다.

"뭐가 안 와? 누가 안 와?"

"사이렌이 신호라고 했는데. 지금 와야 하는데. IP 추적 성공했을 텐데."

엄크가 초조한 듯 입술을 깨물면서도 랩을 하듯 말을 쏟아냈다. 나는 엄크가 하드캐리에게 보내라고 시켰다던 메일이 생각났다.

형, 14 수련원, 사흘 뒤 7시 와드핑. 1시+. 세이렌 요정이 노래할 때.

세이렌 요정이 노래할 때. 이게 사이렌이 울리는 순간을 말하는 거였다.

급식 차량이 운동장을 통해 교문을 빠져나갔다. 교문으로는 아무도 들어오지 않았다.

"당장 그거 내려놓지 못해!"

"감히 우리의 연구 자료를!"

식당에서 대장 고깔도 달려오고 있었다. 나머지 쌍둥이 고깔은 식당에서 우리를 보고 호기심에 뛰쳐나오려는 아이들을 막느라 분주했다. 밥을 다 먹고 미리 방에 가 있다가 옥상으로 대피한 몇몇 아이들이 옥상 난간 너머로 우리를 보고 손을 흔들었다. 그 아이들은 무슨 일이 벌어지는지 모르고 있었다. 아마 이것도 하나의 비밀 미션 같은 거라고 생각하는지도 모른다.

부아아앙!

그때 먼지를 휘날리며 보라색 사륜구동 차가 달려오는 게 보였다. 하마터면 급식 차량과 정면으로 부딪칠 뻔했는데 좁은 옆길로 멋지게 피하더니 속력을 줄이지도 않고 달려왔다. 자동차 게임에서나 보던 각지고 연식이 아주 오래된, 한눈에도 범상치 않은 차였다. 자동차 박물관에 전시된 차를 훔쳐 타고 온 것처럼 보일 정도였다.

그 차는 털털거리면서 드리프트를 성공하더니 먼지바람을 세차게 일으키며 운동장으로 들어와 비스듬히 섰다.

차 문이 열리고 누군가 내렸다.

식당 안에서 고깔한테 길이 막혀 있던 아이들이 갑자기 펄쩍펄쩍 뛰며 환호성을 질렀다.

"이거 미션 성공 보너스인가요?"

"와! 미쳤다!"

"실물을 보게 되다니!"

우리는 먼지바람이 가라앉기를 기다렸다.

옥상에 대피해 있던 아이들이 차에서 내린 사람을 손으로 가리키며 방방 뛰더니 곧 모습을 감추었다. 계단으로 쿵쿵쿵 우아아악 소리를 지르며 아이들이 달려 내려오고 있었다.

"부처멘탈 형이다!"

요셉슈타인이 내 어깨를 툭 미는 바람에 본체를 떨어뜨릴 뻔했다.

정말, 부처멘탈 형이었다. 한동안 모습을 감추었던, 온갖 설만 남기고 사라진, 전설의 존재였다.

그때 엄크가 본체를 슬로맨에게 넘기고는 뛰어갔다.

"형! 와 줬구나!"

부처멘탈 형이 엄크를 와락 끌어안았다.

"……형이라고?"

"부처멘탈이 엄크의 친형이라고?"

우리는 먼지가 들어오는 것도 개의치 않고 입을 쩍 벌린 채 '헐!'이라고 되풀이했다. 엄크가 한 번도 넘어설 수 없었던, 엄크를 잉여로 만들어 버렸던, 그러나 이제는 너무나 망가져서 엄크가 구해 주고 싶은 존재가!

부처멘탈 형이라니!

그동안 엄크가 들려준 이야기들이 미사일처럼 관자놀이를 뚫으며 핑핑 지나갔다.

부처멘탈 형은 눈이 푹 파여 있고 볼도 쏙 들어가 있었다. 너무 그리운 얼굴이었다. 챔피언전에서 보던 그 폭발할 듯 빛나는 눈은 아니었지만 엄크를 바라보는 눈길만큼은 다시 없을 만큼 따뜻하고 부드러웠다.

그것도 잠시.

"와아아아!"

"사인해 주세요!"

아이들이 운동장을 가로지르며 달려오고 있었다.

"어서 차에 실어!"

엄크가 우리를 향해 속삭였다. 우리는 트렁크에 본체를 마구 집어넣었다. 아이들이 환호성을 지르며 뛰어오고, 잠시 사태를 파악하느라 멈칫했던 고깔들과 양 박사도 휘둥그레진 눈으로 달려왔다.

"이러다 탈출 못 하겠어."

요셉슈타인이 중얼거렸다. 여기서 잡힌다면 우리는 끝장이었다. 누가 봐도 문제 학생, 학교에서 격리해서 교육해야 할 아이들이 지금 우리의 모습일 것이었다. 나는 그 어떤 순간보다 절박한 심정으로 모두를 바라보았다.

엄크에게서 본체를 넘겨받은 슬로맨이 느릿느릿 트렁크를 향해 걸음을 옮기고 있었다.

"이러다 늦어!"

부처멘탈 형이 갑자기 엄크를 향해 윙크를 보내더니 메딕 양박사를 향해 뛰었다. 우리는 곧 형이 어떤 전략을 순식간에 생각하고 실행에 옮겼는지 파악할 수 있었다. 아이들이 모조리 부처멘탈 형이 움직이는 방향대로 우르르 몰려가기 시작했기 때문이다. 동짓달은 좀비처럼 괴성을 지르며 형을 향해 흐느적거리면서 뛰었다. 여느 아이돌 못지않은 인기였다.

"왜들 이래, 저리 가. 질서 있게!"

대장 고깔이 외쳤지만 소용없었다. 아이들이 메딕과 부처멘탈 주변을 둘러싸고 인간 바리케이드를 만들어 버렸다. 하드캐리가 고깔의 허리를 꽉 붙잡고는 우리를 보고 환하게 웃었다. 녀석이 써 버린 우리의 20분이 생각났지만 밉지는 않았다. 시간을 벌어 주는 자는 모두 우리 편이니까.

"타! 차에 타!"

엄크가 말했다.

"차 문 잠가!"

우리는 잽싸게 차에 타 문을 잠갔다. 아이들을 헤치며 이쪽으로 오려는 박사의 어깨를 부처멘탈 형이 붙잡고 놓아 주지 않았다. 형이 뭐라고 외치자 다른 아이들도 형을 따라 고깔을 둘러싸고 붙잡아 버렸다. 형은 게임 속 캐릭터들을 움직이듯 아이들을 움직일 줄 알았다.

그때 대장 고깔이 천사조 아이 하나를 밀어 넘어뜨렸다. 그 아이가 넘어지면서 다른 아이를 붙잡고 또 서로 붙잡으며 엉키는 바람에 모두 태풍 속의 갈대들처럼 기우뚱거리고 있었다. 부처멘탈 형을 놓치지 않겠다는 공동의 목표만으로 움직이는 거대한 갈대이기도 했다.

대장 고깔만이 우락부락한 몸집으로 차를 향해 왔다. 거인이 쿵쿵쿵 다가오는 것 같았다.

"어떡하지?"

"우린 이제 죽었다."

부처멘탈 형은 아이들에게 붙잡힌 채 빠져나오지 못하고 있었다. 형이 보내는 응원의 눈빛이 여기까지 전해지는 것 같았다.

"내가, 내가 해 볼게."

뒷좌석에 있던 슬로맨이 말했다.

"뭘?"

엄크가 되물었다.

"레이싱을."
"뭐?"
우리가 경악할 새도 없이 쿵! 하고 대장 고깔이 차 유리문을 주먹으로 쳤다. 우리는 모두 놀라 소리를 질렀다.
"당장 안 열면 부순다!"
대장 고깔이 머리끝까지 화가 난 표정으로 목에 굵은 핏대를 올리며 쩌렁쩌렁 외쳤다. 운전석 문손잡이를 잡고 당기는 힘이 엄청나게 셌다.
"슬로맨, 너 레이싱 레벨 몇이야?"
요셉슈타인이 물었다.
"나?"
슬로맨이 뒷좌석에서 운전석으로 몸을 옮겼다. 녀석의 몸집이 얼마나 큰지 카더라와 엄크, 요셉슈타인과 알거지에 조수석에 앉은 나까지 힘을 합쳐 슬로맨을 도와야 했다. 운전석에 털썩 앉은 슬로맨이 시동 걸린 차의 운전대를 손으로 쓱 쓸더니 웃었다.
"마스터 렙."
슬로맨이 엑셀을 밟았다. 튜닝한 사륜구동의 커다란 차가 부앙 소리를 내며 앞으로 튀어 나갔다. 문을 부술 기세였던 대장 고깔이 아까 자신이 밀친 아이처럼 나동그라졌다. 우리는 유리창에 붙어 대장 고깔한테 야유를 퍼부었다.
"근데, 어디로 가지?"
알거지가 엄크에게 물었다.

"거기까지는 생각 못 했는데. 형이 데리러 오는 것까지만 얘기 했거든."

엄크가 말했다. 부처멘탈 형의 동생이라니, 우리는 물어볼 것이 너무나 많았지만 그럴 정신이 없었다.

"내가 와드핑 박은 곳이 있어!"

내가 외쳤다. 굴뚝에서 연기가 나는 그곳, ㅡㅡㅡㅡ라고 지붕에 적혀 있던 그 장소. 수풀 너머 있는 곳까지 가면 길을 기억할 수 있었다.

"ㅇㅇㅇㅇ라고 적힌 곳인데, 연기 나는 곳을 찾아가자."

"ㅇㅇㅇㅇ?"

카더라 말에 내가 고개를 끄덕였다.

"좋았어."

슬로맨이 속도를 높였다. 멀어지는 수련원 건물과 운동장으로 달려오고 있는 아이들, 고깔들, 박사와 부처멘탈이 보였다. 가슴이 후련해졌다. 우리는 차창을 내리고 있는 힘껏 소리를 질렀다. 더운 공기마저 시원하게 느껴졌다.

차는 털털 소리를 내면서 거칠게 달렸다. 슬로맨의 운전 솜씨는 꽤 좋았다. 좁고 울퉁불퉁한 길을 겁도 없이 달리고 꺾고 다시 달리며 액셀러레이터를 키보드 치듯 가볍게 눌렀다.

"저기 연기가 나!"

내가 수풀 너머를 가리켰다.

"진짜네?"

슬로맨이 연기 나는 곳을 향해 핸들을 꺾는 순간. 뒤에서 빵빵 소리를 내며 따라붙는 흰 트럭이 있었다.

"급식 차량이다! 고깔한테 연락받았나 봐!"

"우리 잡으러 오나 봐."

"신고할까?"

"뭘로?"

"아! 내 휴대폰! 게임기! 다 캠프에 있지!"

우리는 탄식을 뱉었다.

급식 차량이 차 꽁무니에 부딪칠 듯 속도를 높였다. 슬로맨은 아슬아슬하게 그때마다 붕붕 소리를 내며 앞으로 나아갔다.

ㅡㅡㅡㅡㅡ 무늬가 점점 더 가까워졌다.

"저기다! 저기에서 맞은편 국도 따라 가다가 터널 다섯 개를 지나야 해."

드디어 길이 보였다.

수풀 언덕으로 다가가며 굽은 길을 지나자마자 끽! 소리를 내며 급식 차량이 커브를 틀었다.

"저게 뭐야!"

ㅡㅡㅡㅡㅡ 의 아래에 숨겨진 글자들이 드러났다.

코코콜라.

주식회사 LK의 로고가 그 아래 박혀 있었다.

"코코콜라 공장이었어!"

그러나 이미 늦었다. 산더미 같이 쌓인 코코콜라와 화물차, 지게차가 코앞이었다.

"멈춰! 슬로맨!"

앞에서 콜라를 실은 트럭들이 조금도 양보할 생각이 없다는 듯 마주 달려오기까지 했다.

"좁은 길이야, 슬로맨!"

뒷좌석에서 모두 소리를 질렀다. 뒤에서는 급식 차량이 곧 따라잡을 듯 빵빵거리며 달려왔다.

"잘 잡아!"

"으아아악!"

"악!"

"드리프트다!"

코코콜라 산에 부딪치기 직전, 슬로맨이 직각으로 핸들을 틀었다.

"으어어어!"

귀를 찢을 듯한 소리를 내며 차가 기우뚱하자마자 바퀴에서 연기가 났다. 우리는 모두 오른쪽 차창에 뺨을 붙이고 하늘에 몸을 맡겼다. 차가 완전히 옆으로 전복되려는 순간, 슬로맨이 다시 핸들을 왼쪽으로 틀었다. 핸들을 돌리는 슬로맨은 그 어느 때보다 잽싸고 우아했다. 슬로맨의 육중한 체중이 실린 쪽으로 퉁, 하고 차가 바로 서는 순간, 와장창 소리와 함께 뭔가가 폭발하는 소리가 연이어 났다.

급식 차량 뒷문이 열리고 음식 쓰레기가 쏟아지고 있었다. 부덮힌 콜라들과 색소와 저장된 물과 뭔지 알 수 없는 재료들이 와르르 무너지고 터지고 깨지고 조각나 있었다.

운전석에서 검은 옷을 입은 남자가 내렸다. 익숙한 얼굴이었다. 그는 휴대폰을 귀에 댄 채 얼굴을 잔뜩 찌푸리고 있었다.

"달린다!"

슬로맨은 와드핑을 해제하고 국도를 찾아냈다. 멀리서 사이렌이 울렸다.

"우리 경찰에 잡혀가는 거 아이가?"

카더라가 손톱을 물어뜯었다.

"우리가 뭘 그렇게 잘못했는데?"

알거지가 말했다. 우리는 잠시 생각에 잠겼다. 어떻게 되든 상관없다는 생각과 집에 가서 게임에 빠지고 싶다는 욕구가 번갈아들었다.

사이렌 소리가 가까워졌다. 모두 숨을 멈추었다. 슬로맨만은 침착하게 속도를 유지했다.

붉은 경광등이 번쩍이며 차례차례 지나가고 나서 우리는 한숨을 돌렸다. 그건 모두 소방차였다. 메딕이나 고깔들이 화재가 난 줄 알고 신고한 전화를 받고 출동하는 중일 것이다.

"아까 그 콜라들, 아깝다."

알거지가 입맛을 다셔서 우리는 마음 놓고 웃었다. 낡은 터널 속으로 들어갈 때마다 우리는 조금씩 마음이 편안해졌다.

"우리한테는 증거가 있잖아. 그것도 트렁크에 한가득."

엄크가 카더라의 어깨를 토닥이며 말했다.

나는 조수석에서 몸을 틀어 뒷좌석의 엄크를 보았다. 그렇게 여우 같고 미운 아이였는데 엄크가 없는 캠프를 상상할 수 없다는 게 우스웠다.

부처멘탈의 동생이었다니. bbb_men01 아이디를 어디서 봤나 했더니, 부처멘탈 형이 딱 한 번 만든 SNS 계정의 주소였다는 게 생각났다. 소속사에서 형이 마시는 음료나 형이 입은 옷, 형이 간 여행지 같은 걸 홍보하고 관리하기 위해 만들었는데 형이 게임 외의 것에 집중하지 않겠다고 하면서 사라진 계정이었다. 형의 계정을 구독할 생각에 신났다가 시무룩해진 기억이 났다.

나는 엄크가 모은 증거들이 어디에 쓰일지 알 것 같았다.

그 레벨에 잠이 오니

며칠 후, 나는 온갖 인터뷰와 심리 검사와 건강 검진을 피해 집으로 돌아왔다. 이미 학교에는 소문이 다 퍼졌을 것이다. 우리가 갔던 14번 수련원에 대한 이야기로 온통 세상이 시끌벅적했다.

뉴스를 보고 알았는데, 예방 교육을 빙자한 캠프는 25개나 있었다. 아주 오랫동안 LK가 아이들을 대상으로 실험을 해 왔다는 것이 밝혀졌다. 물론 우리에게는 그 일을 밝힐 열쇠가 될 수천

건의 증거가 있었다.

하지만 무엇보다 모두를 움직인 증거는, 부처멘탈이었다. 그 형은 "내가 즐거운 일을 나 스스로 선택해서 살고 싶다. 내가 잘하는 것과 내가 좋아하는 것이 다를 수 있다는 걸 배웠다."라고 인터뷰에서 말했다. 그 형은 LK 소속 게임 회사와 맺은 계약의 부당함을 알리고 그 안에서 이루어진 온갖 정서적 학대와 방임에 대해 폭로했다. LK 본사는 결국 압수 수색을 앞두고 있다고 했다.

렐크 앱 불매 운동이 벌어졌다. 탈퇴한 회원 인증 사진이 SNS를 메웠다. 다들 부처멘탈을 해시태그로 썼다.

"이 현상이 오래가지는 않을 거라고 생각합니다."

부처멘탈 형이 말했다. 게임을 좋아하는 것은 죄가 아니라고 덧붙였다.

"다만 누구도 노예가 되지 않는 세상이 왔으면 할 뿐입니다."

나는 부처멘탈 형 옆에 앉아 고개를 끄덕이는 한 아이를 보았다.

엄크였다.

엄크는 꽤 행복해 보였다.

할머니는 화투 실력이 크게 늘었다. 아빠가 할머니와 함께 지내면서 고도의 전략으로 할머니와의 내기에서 자꾸 이기자, 약이 오른 할머니가 실력을 키웠다. 아빠는 떠나기 전 이번에는 새 태블릿을 선물하면서 고스톱 앱을 깔아 할머니한테 선물했다.

"아싸, 고도리!"

태블릿에서 들려오는 명랑한 소리가 나를 먼저 맞이했다.

"할매, 보고 싶었는데."

할머니는 널찍한 태블릿에만 빠져 있었다.

나는 컴퓨터로 다시 뉴스 앱을 틀었다. 온통 같은 뉴스였다. 카메라가 폐교를 비추었다. 소화기 분말로 엉망이 된 복도와 서류들이 바닥에 떨어진 보건실이 화면을 채웠다. 눈을 감자 코코콜라를 따는 소리가 쏴아아— 하고 들릴 것만 같았다.

하지만 그게 전부가 아니었다.

우리는 헤어지면서 암호를 만들었다. '그 레벨에 잠이 오니'였다. 나는 게임 사이트에 접속했다. 아름답고 평화로운 풍경이 화면에 펼쳐졌다. '슬로 섬' 게임이었다. 나, 카더라, 알거지, 요셉슈타인과 슬로맨이 함께 파티원이 되었다.

슬로 섬에서는 아무도 싸우지 않는다. 나무를 키우고 꽃을 피우고 열매를 따고 농사를 짓는다. 아무 데서나 입을 쩍쩍 벌리고 삼킬 각을 재는 펠리컨을 쫓아내는 게 유일한 싸움이라면 싸움이다. 펠리컨과 친구가 되어 길들이는 방법도 있다. 아주 잘 키우면 펠리컨은 하마도 잡아 오고 기린도 입에 물고 데려온다. 옆 섬에 가서 그 섬을 혼자 차지하고 있는 엄크를 잡아 오는 것도 가능하다.

하지만 우리는 당분간 아무 목표를 세우지 않기로 했다. 이 레벨에 잠이 올지는 모르겠지만.

초록빛 풀로 덮인 널찍한 섬 너머로 노을이 지고 있었다. 알거지는 거기서 한가롭게 낚시를 하는 중이었다. 슬로맨은 천천히 통발을 만들고 있었다. 요셉슈타인은 리더답게 우리가 머물 통나무집을 짓고 있고, 카더라는 바다 위에 나룻배를 띄우고 부드럽게 춤을 추었다.

내가 들어가자 모두 하던 걸 멈추고 손을 흔들었다.

"어서 와, 철봉!"

나는 펠리컨 입을 열어 물고기 다섯 마리를 꺼내 모닥불에 천천히 구웠다. 옆 섬에서 엄크가 폴짝폴짝 뛰며 '맛있겠다, 나도 줘!' 하고 말풍선을 띄웠다.

나는 펠리컨을 소환해 아주 작은 물고기 한 마리를 더 꺼냈다.

헤드셋 너머로 할머니의 고스톱 소리가 신나게 들려온다. 할머니도 어쩌면 너무 외로워서 화투를 치는 게 아닐까.

내일이 온다.

아주 많은 계절이 지나가 버린 것 같다.

코코콜라처럼 달콤한 것, 렐크처럼 파괴적인 것이 이제 다 지나가 버린 것 같다.

나는 왠지 더는 아무것도, 두렵지 않아졌다.

이상한 일이다.

작가의 말

제가 '배틀그라운드'에서 가장 좋아한 것은 빈집에 들어가 창문으로 바깥 풍경을 보거나, 맨몸으로 헤엄쳐 강이나 바다를 건너는 순간이었어요. 총소리가 난무하는 게임 세계 안에서도 고요하고 평화로운 이완의 장면들이 있었죠. 지금은 그 게임을 하지 않지만 제가 경험한 신(scene)들은 마음속 어딘가에 남아, 홀쭉한 배낭을 메고 쓸쓸한 눈을 가진 청년과 함께 문득 떠오르곤 합니다.

저는 모든 몰입 행위는 마음속에 기록된 좋았던 기억이나 경험을 다시 재생하기 위한 일 같다고 생각해요. 낚시나 골프, 축구나 바둑에 빠진 사람도 있겠고, 이 책에서 주로 다룬 것처럼 게임에 몰두하는 사람도 있겠지요. 행복하다고 느낀 순간을 재생하고 싶어서, 우리는 무언가에 매달려 애쓰는 건지도 모르겠어요.

그런데 그 몰입의 대상이 게임일 때, 대개는 염려하는 시선과 먼저 부딪히게 되죠. 어떤 사람들은 게임에 쏟는 시간과 비용은 인생에 아무 쓸모가 없는 것이라고 비난하고, '프로 게이머가 될 만큼의 재능'을 잣대 삼아 재능이 없다면 계속할 가치가 없다고 말하기도 합니다. 사실은, 운동도 독서도 공부도 심지어 사랑마저도 지나치게 많이 하면 자신의 인생을 주체적으로 살아갈 수 없다는 점은 비슷한데도 말이에요.

제게 온라인 게임을 처음 알려 준 사람은 제가 학원에서 초등부터 고등 때까지 가르쳤던 학생이에요. 이 친구가 성인이 되어 저를 피시방에 데리고 가서 리그오브레전드 게임에 가입을 시켰어요. 캐릭터가 너무 많고 단축키도 복잡하고 전략도 잘 모르니 한참 헤맸죠. 다들 저의 '부모님 안부'는 왜 그렇게 물어보고 '미역국' 먹은 보람이 있는지는 왜 궁금해하는지 생각할 겨를도 없었어요. 게임 세계가 단순한 승패로 구성된 것이 아니라 전략과 눈치 싸움, 팀워크와 은어 문화까지 섞인, 아주 치열한 사회라는 걸 점점 배우게 되었지요.

그 학생이 게임에 몰두하던 시절에는 저도 다른 어른들처럼 공부할 시간을 빼앗기거나 폭력성에 노출될까 봐 걱정했었어요. 하지만 점차 제가 이해하게 된 것은, 게임을 해서 이 친구가 숨을 쉬고 살 수 있었던 거구나였어요. 청소년에게 게임이 동굴도, 해변도, 밀실도, 광장도 될 수 있다는 걸 발견했달까요. '발견'이라고 말한 이유는, 가만히 생각해 보니 저의 청소년기에도 그런 것들을 필요로 했다는 게 새삼 기억나서예요. 타인과 연결되어 있지만 혼자일 수 있고, 성공할 수 있지만 실패해도 무너지지 않는 세상이 필요한 때가 있어요. 다만 저는 책을 읽고 글을 쓰면서 그 시기를 견뎠기 때문에 지금의 이런 나를 만났을 뿐이고, 또 다른 누군가는 다른 방식으로 다른 자신을 만들어 가고 있을 거로 생각해요.

잊지 말아야 할 건, 자신이 무엇을 하고 있는지를 바라볼 수 있는 나의 시선이에요. 자신이 빠져든 세계를 누가 만들었고, 누가 이익을 얻으며, 자신은 왜 이것에 몰두하는가를 생각하는 힘. 내가 어떻게 생긴 문을 열고 여기에 들어왔지? 나가는 문도 그곳에 그대로 있을까? 문득 멈추어 생각하는 시간, 그것만 잃지 않으면 독자 여러분도 자기 인생의 주인공으로 살아갈 수 있습니다. 제가 이 책에서 하고 싶었던 이야기도 결국, 바깥의 누군가가 가진 내 삶의 주도권을 다시 내게로 가져오는 여정에 가까운 것이고요.

이 원고는 제 노트북에서 7년을 잠들어 있었어요. 첫 글에서 '카더라'는 여학생이었고, '요셉슈타인'은 엄마와 사이가 나빴으며, '슬로맨'은 더 잔인한 게임을 즐기는 캐릭터였어요. '엄크'의 형은 '부처멘탈'도 아니었고요. '철봉이'는 캠프가 끝나고 집에 와서도 폐인처럼 살았어요. 바뀌지 않은 건 '알거지'뿐이에요. 저는 딱히 뭔가를 이루지 못했더라도 마음에 슬픔과 쓸쓸함을 간직한, 구석에 가만히 있는 인물에게 자꾸 마음이 가더라고요. 독자님의 마음에는 어떤 인물이 마지막까지 남을지 궁금합니다.

끝으로, 제 무덤에 순장될 뻔한 원고를 잘 살려 주신 미래인 출판사 박다예 님과 최성휘 님께 고마운 마음을 전합니다. 고맙습니다.

그 레벨에 잠이 오니?

초판 1쇄 펴낸날 2025년 12월 20일

지은이 이지은
펴낸이 김민지

편집 최성휘, 박다예
디자인 이향령
마케팅 백민열, 김하연, 이윤서

펴낸곳 미래M&B
등록 1993년 1월 8일(제10-772호)
주소 07207 서울시 영등포구 양평로 21가길 19, 비동 2층 210호
전화 02-562-1800(대표)
팩스 02-562-1885(대표)
전자우편 mirae@miraemnb.com
홈페이지 www.miraeinbooks.com
블로그 blog.naver.com/miraeibooks
인스타그램 @mirae_inbooks

ISBN 978-89-8394-996-7 (43810)

＊잘못 만들어진 책은 구입처에서 바꾸어 드립니다.
＊미래인은 미래M&B가 만든 청소년, 성인을 위한 브랜드입니다.